कालजयी कवि और उनका काव्य

मीरां

संपादक

माधव हाड़ा

राजपाल

ISBN : 9788195297566

पहला संस्करण : 2021 © राजपाल एण्ड सन्ज़
KAALJAYI KAVI AUR UNKA KAVYA : MEERA (Poetry)
Edited by Madhav Hada

राजपाल एण्ड सन्ज़
1590, मदरसा रोड, कश्मीरी गेट, दिल्ली-110006
फ़ोन : 011–23869812, 23865483, 23867791
e-mail : sales@rajpalpublishing.com
www.rajpalpublishing.com
www.facebook.com/rajpalandsons

क्रम

भूमिका 5

प्रेम 19

भक्ति 54

संघर्ष 85

जीवन 101

भूमिका

मीरां हिन्दी के संत-कवियों में अलग और ख़ास हैं। उसकी कविता की एक पंक्ति है—'कोई निंदौ कोई बिंदौ, मैं तो चलूँगी चाल अपूठी।' मतलब यह कि कोई निंदा करे या सराहना, मैं 'अपूठी' चलूँगी। 'अपूठी' का मतलब है उल्टा या विमुख। अपने इस निश्चय के कारण मीरां का जीवन और कविता किसी भी रूढ़ि से अलग और रूपक से बाहर है। उसके जीवन और कविता को किसी प्रचलित साँचे-खाँचे में रखकर नहीं समझा जा सकता। मीरां के जीवन से संबंधित ज्यादातर जानकारियाँ उसकी कविता के अंत:साक्ष्यों पर आधारित हैं। इस कारण उसके जीवन के संबंध में कई कथाएँ और प्रवाद चल निकले हैं। मीरां की कविता इतनी समावेशी, उदार और लचीली है कि इससे कुछ भी सिद्ध किया जा सकता है। दरअसल मीरां को जानने-समझने के लिए उसकी कविता के अंत:साक्ष्यों को उससे संबंधित इतिहास, आख्यान और लोक धारणाओं के साथ रखकर ही अच्छी तरह समझा जा सकता है।

हिन्दी आलोचना का ध्यान मीरां की तरफ़ बहुत कम गया। जो थोड़ा-बहुत ध्यान गया, वो मीरां से संबंधित प्रचारित आरंभिक जानकारियों तक सीमित रहा। मुंशी देवीप्रसाद ने और कई कवियों के साथ मीरां से संबंधित आरंभिक जानकारियाँ मिश्रबंधुओं को उपलब्ध करवायीं। मिश्रबंधु विनोद से लेकर इनका उपयोग रामचंद्र शुक्ल ने किया। रामचंद्र शुक्ल के कंधों पर हिन्दी साहित्य को एक अकादेमिक अनुशासन में ढालने का महत्त्वपूर्ण दायित्व भी था, इसलिए उनकी चिंताएँ और सरोकार दूसरे थे। वे मनीषी थे—सूर, तुलसी, जायसी पर उन्होंने विस्तार और मनोयोग से विचार किया, लेकिन दूसरे रचनाकारों की नयी पहचान और समझ बनाने के बजाय उनका ज़ोर उनको किसी वर्गीकरण में 'फ़िट' करने पर ज्यादा रहा। उन्होंने मीरां की भक्ति को माधुर्य भाव के खाँचे में रख दिया। हिन्दी की अकादेमिक आलोचना में मीरां की यह पहचान रूढ़ि बन गयी। मीरां के जीवन, समाज और कविता की समझ बनाने को लेकर इधर सजगता तो आई है, लेकिन अब वह विमर्श के रूपकों में सीमित की जा रही है। रूपकों में सीमित

मीरां के मनुष्य का बहुत कुछ पीछे छूट गया है। यह अलग-अलग रूपकों में ढली हुई सीमित और कटी-छँटी केवल भक्त, केवल विद्रोही, केवल प्रेमी, केवल पवित्रात्मा या केवल सामंत मीरां रह गई है।

मीरां का मेवाड़ (दक्षिण-पश्चिम राजस्थान की पूर्व रियासत और सांस्कृतिक इकाई) के ख्यात, बही आदि में उल्लेख नहीं है। केवल मारवाड़ (पश्चिम राजस्थान की पूर्व रियासत और सांस्कृतिक इकाई) के राणीमंगा भाट केहरदान और दाऊदान की बही में उसका उल्लेख मिलता है। आधुनिक इतिहास में मीरां का पहला उल्लेख लेफ़्टिनेंट कर्नल जेम्स टॉड ने *एनल्स एंड एंटीक्विटीज़ ऑफ़ राजस्थान* में किया। उसने उपलब्ध सीमित जानकारियों के आधार पर मीरां की पवित्रात्मा, रहस्यमयी कवयित्री और संत-भक्त छवि गढ़ी। बाद में श्यामलदास, मुंशी देवीप्रसाद, हरिनारायण पुरोहित, ठाकुर चतुरसिंह, गौरीशंकर हीराचंद ओझा और हरमन गोएट्जे ने मीरां से संबंधित महत्त्वपूर्ण जानकारियाँ जुटाईं, लेकिन टॉड के कैननाइजेशन की लोकप्रियता के कारण लोगों का ध्यान इन पर कम गया। धार्मिक आख्यानों— हितहरिराम व्यास की *व्यासवाणी* (1555 ई.), नाभादास की *भक्तमाल* (1594 ई.), ध्रुवदास की *भक्तनामावली* (1640 ई.), दादूपंथी राघवदास की *भक्तमाल* (1660 ई.), प्रियादास की *भक्तिरस बोधिनी टीका* (1712 ई.), सुखसारण की *मीराबाई की परची* (1798 ई.)और वल्लभ संप्रदाय के वार्ता ग्रंथों— *चौरासी वैष्णवन की वार्ता* और *दो सौ बावन वैष्णवन की वार्ता* (1551-1663 ई.) में मीरां से संबंधित वृत्तांत हैं। इन धार्मिक आख्यानों में मीरां एक अतिमानवीय और चमत्कारी स्त्री संत-भक्त के रूप में है। इनका आधार जनश्रुतियाँ हैं, जो लोक और भक्तों द्वारा गढ़ी गई हैं। इन संकेतों को इतिहास के उपलब्ध तथ्यों की सहवर्तिता में समझा जाए, तो इनसे मीरां के जीवन से संबंधित कई नई जानकारियाँ सामने आती हैं।

1

मीरां के पितृकुल के वंशज इतिहासकार ठाकुर चतुरसिंह ने 1902 ई. में *चतुरकुल चरित्र* में पहली बार मीरां का जन्म संवत् 1555 (1498 ई.) के आस-पास माना। 1918 ई. में इतिहासवेत्ता हरविलास सारड़ा का महाराणा सांगा पर एक निबंध प्रकाशित हुआ, जिसमें उन्होंने भी *चतुरकुल चरित्र* के आधार पर 1498 ई. को ही मीरां के जन्म वर्ष के रूप में मान्यता दी। बाद में गौरीशंकर हीराचंद ओझा, गोपीनाथ शर्मा और हरमन गोएट्जे आदि ठाकुर चतुरसिंह और हरविलास सारड़ा

के मत पर कायम रहे। राणी मंगा भाटों की बही में भी उल्लेख है कि मीरां का जन्म संवत् 1555 (1498 ई.) में हुआ। मीरां के आरंभिक अध्येताओं ने यही ध्यान में रखकर 1498 ई. या इसके आस-पास को मीरां का जन्म समय माना है। मीरां का जन्म मेड़ता में हुआ, लेकिन आरंभ में जानकारियों के अभाव में कुड़की को और बाद में चौकड़ी और बाजोली को मीरां का जन्म स्थान मानने के आग्रह हुए। यह भ्रांति इस जानकारी से हुई कि मीरां के पिता रत्नसिंह को जागीर में बारह गाँव मिले, जिनमें कुड़की, बाजोली और चौकड़ी भी शामिल थे। यह सही है कि मीरां के पिता रत्नसिंह को जागीर के रूप में कुड़की सहित बारह गाँव (कुड़की, बाजोली, नोया, नींवडी, पालड़ी, आकोदिया, हफधर, नुंद, पीभाणिया, मोटस, डुमाणी और सुंदरी) मिले, लेकिन नयी उपलब्ध उदयभाण चांपावत की *राठौड़ां री ख्यात* से यह प्रमाणित है कि यह जागीर रत्नसिंह को 1515 ई. के बाद प्राप्त हुई, जबकि मीरां का जन्म यह जागीर मिलने से पूर्व मेड़ता में हो गया था। धार्मिक आख्यानों में भी मीरां का जन्म स्थान मेड़ता को ही माना गया है। नाभादास की *भक्तमाल* के अनुसार 'मेड़ते जन्म भूमि, झूमि हित नैन लगै/पगे गिरधरलाल, पिता ही के धाम में।' राघवदास की *भक्तमाल* में भी उल्लेख है कि 'मात पिता जनमी पुर मेड़ते, प्रीति लगि हैर पीहर मांहि।' सुखसारण की *मीराबाई की परची* में भी मीरां का जन्म स्थान मेड़ता ही लिखा गया है—'मीरां जनमी मेड़ते, भगति करण कलुकाल ।/बिना बजाया बाजी, महलां सोवन थाल।'

मीरां का दादा राव दूदा जोधपुर के संस्थापक राव जोधा का पराक्रमी और महत्त्वाकांक्षी पुत्र था और उसने मारवाड़ से अलग मेड़ता राज्य की बुनियाद रखी। मीरां का पिता रत्नसिंह राव दूदा के पाँच पुत्रों में से चौथा था। उसकी मृत्यु महाराणा सांगा और बाबर के बीच 1527 ई. में हुए खानवा के युद्ध में हुई। हरिनारायण पुरोहित सहित कुछ विद्वानों के अनुसार मीरां की माता का नाम वीर कुंवरी था, जो मेवाड़ के गोगून्दा ठिकाने के झाला राजपूत सुरतानसिंह की बेटी थी। एक धारणा इस संबंध में यह भी है कि मीरां का जन्म केलनसिंह टांक की बेटी कुसुम कुंवर की कोख से हुआ। इन दोनों धारणाओं की पुष्टि के लिए कोई साक्ष्य नहीं है। पहली धारणा सही हो सकती है, क्योंकि राठौड़ों और सिसोदिओं के वैवाहिक संबंध गुजरात के काठियावाड़ के हलवद राज्य के झालाओं के साथ थे। मीरां का अपने बड़े पिता (पिता के बड़े भाई) वीरमदेव से भी घनिष्ठ संबंध था। वीरमदेव 1515 ई. में राव दूदा की मृत्यु के बाद सत्तारूढ़ हुआ। वीरमदेव के बाद सत्तारूढ़ जयमल, मीरां से छोटा था। ऐसी जनश्रुति है कि मीरां ने जयमल को वरदान दिया

था कि तेरा परिवार बढ़ेगा और युद्ध में कभी पराजय नहीं होगी (बहुत बधे तेरो परिवार। नहीं होय कजिया में हार)। जयमल भी अपने पिता के समान योद्धा था। मालदेव से शत्रुता के कारण उसे मेड़ता छोड़ना पड़ा और उसे मेवाड़ में बदनोर की जागीर दी गई। जयमल की मृत्यु मेवाड़ के महाराणा उदयसिंह और अकबर के बीच हुए 1567 ई. के युद्ध में हुई।

मीरां का दादा दूदा विष्णु के चतुर्भुजस्वरूप का भक्त था। वीरमदेव और उसके बाद सत्तारूढ़ जयमल भी विख्यात वैष्णव धर्मावलंबी थे। मीरां ने अपने पितृकुल को कंठीधारी वैष्णव (पीहरिया रा लोग भलेरो बांधे कंठी माला) कहा है। कृष्ण भक्ति के संस्कार मीरां को अपने इन्हीं परिजनों से प्राप्त हुए। मीरां में भक्ति के संस्कार बाल्यकाल में ही गहरे और मज़बूत हो गए थे। इस संबंध में कई जनश्रुतियाँ मिलती हैं। मीरां की शिक्षा योद्धा राव दूदा की देख-रेख में जयमल के साथ हुई। इस शिक्षा ने उसे स्वतंत्र सोच प्रदान की और स्वावलंबी भी बनाया। मीरां को शिक्षा गुर्जर गौड़ शाखा के ब्राह्मण गजाधर ने दी। कहते हैं कि यह ब्राह्मण मीरां के विवाह के बाद उसके साथ चित्तौड़ भी गया। मीरां ने इस ब्राह्मण को व्यास की पदवी दी और उसको अपने हाथख़र्च के लिए प्राप्त पुर और मांडल परगनों की ज़मीन में से दो हज़ार बीघा सिंचित भूमि का दान भी दिया।

मीरां का विवाह मेवाड़ के विख्यात और पराक्रमी शासक महाराणा सांगा के पुत्र भोजराज के साथ 1516 ई. के आस-पास हुआ। विवाह के कुछ वर्षों बाद ही 1518 से 1523 ई. के बीच कभी भोजराज की मृत्यु हो गई। रामदास लालस कृत *भीम प्रकाश* में भी उल्लेख है कि 'भोजराज जेठो अभंग, कंवरपणे म्रत कीध।' गोपालसिंह मेड़तिया कृत *जयमलवंश प्रकाश* के अनुसार वह वीर और शांत स्वभाव का था। मीरां का आरंभिक वैवाहिक जीवन कुछ मामूली प्रतिरोधों और दैनंदिन ईर्ष्या-द्वेषों के अलावा कमोबेश सुखी था। उसके अपने पति भोजराज से संबंध सामान्य थे। मीरां की कविता में जिस राणा से तनावपूर्ण संबंध और नाराज़गी का बार-बार उल्लेख आता है वह भोजराज नहीं है। राणा संज्ञा उसने अपने सत्तारूढ़ मूर्ख और छिछोरे देवर विक्रमादित्य (1531-1536 ई.) के लिए प्रयुक्त की है। विक्रमादित्य से पूर्व 1528 ई. से 1531 ई. तक अल्प समय के लिए सत्तारूढ़ जोधपुर के राठौड़ों के भानजे रत्नसिंह से भी मीरां के संबंध अच्छे नहीं रहे होंगे, क्योंकि मेड़ता के वीरमदेव और जोधपुर के मालदेव के संबंध बहुत तनावपूर्ण थे। विवाहोपरांत मीरां सर्वथा असहाय और असुरक्षित नहीं थी। उसके आर्थिक स्वावलंबन का प्रबंध था। उसे मेवाड़ के पुर और मांडल के परगने हाथख़र्च के

लिए जागीर के रूप में दिए गए थे।

मीरां का अधिकांश विधवा जीवन कष्टमय और घटनापूर्ण था। 1523 और 1540 ई. के बीच परिस्थितियाँ कुछ ऐसी बनीं कि मेवाड़ और मेड़ता, दोनों ही सत्ता संघर्ष, अंतर्कलह और बाह्य आक्रमणों की चपेट में आ गए। 1531 ई. में रत्नसिंह के निस्संतान मरने पर विक्रमादित्य सत्तारूढ़ हुआ। वह अयोग्य और मूर्ख था, इसलिए चारों तरफ़ अराजकता फैल गई। विक्रमादित्य ने मीरां पर कई पाबंदियाँ लगा दीं और उसे कष्ट और यातनाएँ देना शुरू कर दिया। मीरां को ज़हर देकर मारने की कोशिश का प्रसंग उसकी कविताओं में एकाधिक बार आता है और इसकी पुष्टि विभिन्न धार्मिक आख्यानों से भी होती है। *भक्तमाल* में कहा गया है—'दुष्टनि दोष विचारि, मृत्यु को उद्दिम कीयो!/बार न बांको भयो, गरल अमृत ज्यों पीयो।' *मीराबाई की परची* में भी वृत्तांत है कि मंदिर में पूजा करने वाले दयाराम नाम के एक पंडे को राणा ने सिखाकर चरणामृत के बहाने मीरां को ज़हर दिलवाया। मीरां के पिता और ससुर का निधन तथा बहादुरशाह द्वारा चित्तौड़ और मालदेव का मेड़ता पर आक्रमण भी इसी दौरान हुए। खानवा के युद्ध में वीरमदेव तो घायल होकर बच गया, लेकिन मीरां का पिता रत्नसिंह अपने भाई रायमल के साथ मारा गया। अपनी पराजय से आहत महाराणा सांगा को उसके अपने ही सामंतों ने ज़हर दे दिया, जिससे उसकी मृत्यु हो गई। महाराणा सांगा की मृत्यु से पहले ही मेवाड़ में उत्तराधिकार को लेकर अन्तर्कलह शुरू हो चुकी थी। सांगा के निधन के बाद रत्नसिंह सत्तारूढ़ हुआ, तो करमेती ने अपने बेटे को सत्तारूढ़ करने के लिए बाबर से सम्पर्क किया। रत्नसिंह, करमेती और उसके भाई बूंदी के राव सूरजमल से आशंकित था। उसने सूरजमल की हत्या की योजना बनाई। शिकार के दौरान उसने सूरजमल को मारना चाहा, लेकिन दोनों ही एक-दूसरे के हाथों मारे गए। अंतर्कलह और अराजकता का लाभ उठाकर गुजरात के सुल्तान बहादुरशाह ने 1532 ई. में मेवाड़ पर चढ़ाई कर दी। बहादुरशाह ने पहले आक्रमण में तो संधि कर ली और लौट गया, लेकिन उसने 1535 ई. में मेवाड़ पर फिर आक्रमण किया। मेवाड़ इस आक्रमण के लिए तैयार नहीं था, क्योंकि विक्रमादित्य के छिछोरे चाल-चलन के कारण कुछ सामंत तो अपने ठिकानों में चले गए थे और कुछ बहादुरशाह से मिल गए थे। आक्रमण बहुत भीषण था। इसमें मेवाड़ के कई सामंत काम आए और करमेती को कई स्त्रियों के साथ जौहर करना पड़ा। यह युद्ध इतिहास में दूसरा शाका के नाम से प्रसिद्ध है। मीरां मेवाड़ पर हुए इन दोनों आक्रमणों के बीच कभी मेड़ता चली गई होगी, क्योंकि यदि वह 1535 ई. के दूसरे शाके में चित्तौड़ में होती

तो अन्य स्त्रियों की तरह उसे भी जौहर में जल कर मरना पड़ता। रत्नसिंह और विक्रमादित्य से प्रताड़ित और दु:खी मीरां अपने पीहर में अपने बड़े पिता वीरमदेव के पास आ गई, लेकिन यहाँ भी उसका जीवन निश्चिंत और निर्विघ्न नहीं रहा। अंत:संघर्ष और बाह्य आक्रमणों ने यहाँ भी उसका पीछा नहीं छोड़ा। जोधपुर के राव गांगा के समय से ही उसके उत्तराधिकारी मालदेव और वीरमदेव में शत्रुता चली आ रही थी। वीरमदेव स्वतंत्र और स्वाभिमानी प्रवृत्ति का व्यक्ति था, इसलिए उसने मालदेव की अधीनता स्वीकार नहीं की। उसने मेवाड़ में धनाबाई के राठौड़ गुट की महाराणा सांगा के जीवित रहते रत्नसिंह को सत्तारूढ़ करने की मुहिम को भी असफल कर दिया। नतीजतन मालदेव ने 1536 ई. में मेड़ता पर चढ़ाई कर दी। वह इतना क्रूर और नृशंस था कि उसने मेड़ता को पूरी तरह तहस-नहस कर दिया। उसने वीरमदेव को कई वर्षों तक यहाँ-वहाँ निराश्रय भटकने के लिए मजबूर कर दिया। मीरां भी कुछ समय अपने परिजनों के साथ यहाँ-वहाँ भटकती रही। 1543 ई. में शेरशाह ने गिरी-सुमेल के युद्ध में जब मालदेव को परास्त कर दिया, तो वीरमदेव का मेड़ता पर फिर आधिपत्य कायम हुआ। मेड़ता से उखड़ने के बाद यहाँ-वहाँ भटकने के दौरान ही कभी मीरां पहले वृन्दावन और फिर द्वारिका गई होगी। मीरां की कविता के अंत:साक्ष्यों से लगता है कि वह टोडा तक वीरमदेव के साथ थी। उसके एक पद में यह उल्लेख मिलता है कि 'जाण न दी जी य्यारे कारणे रे ज मीरां टोडारे बेस मोटी हुई।'

रैदास और ऊदांबाई से मीरां का संबंध सर्वथा निराधार नहीं है, जैसा कि कुछ लोग मानते हैं। उत्तर भारत के लोक की स्मृति में जिस तरह रैदास और मीरां के गुरु-शिष्य संबंध की कहानियाँ प्रचलित हैं, उससे यह तो तय है कि मीरां किसी-न-किसी तरह रैदास से परिचित ज़रूर रही होगी। जहाँ तक मीरां के रैदास के परवर्ती होने का सवाल है, तो उनके जन्म का समय अधिकांश आधिकारिक विद्वान् अज्ञात मानते हैं। कथोपकथन शैली के कुछ पदों में मीरां की एक ननद ऊदांबाई का भी उल्लेख आता है, लेकिन *बड़वा देवीदान की ख्यात* में राणा सांगा की बेटियों के नामोल्लेख में ऊदांबाई नहीं है। कथोपकथन प्रधान वाले ये सभी पद मीरां की रचनाएँ नहीं हैं, लेकिन जिस तरह से यह प्रसंग लोक में प्रचारित हुआ उससे लगता है कि कुल मर्यादा के लिए चिंतित मीरां की कोई ईडरगढ़ (गुजरात) में विवाहित ऊदांबाई नाम की ननद ज़रूर थी। मीरां की यह ननद ऊदांबाई ही थी, इसकी आधी-अधूरी पुष्टि इतिहास भी करता है। ऊदांबाई का ईडरगढ़ से सम्बन्ध मीरां की रचनाओं के अंत:साक्ष्य से भी सिद्ध होता है। एक जगह ऊदांबाई कहती

है कि 'भाभी मीरां कुल ने लगाई गाल, ईडरगढ़ ते आया ओलंबा।'

मीरां का अंतिम कुछ समय वृन्दावन और शेष द्वारिका में निकला। वृन्दावन जाने से पहले वह पुष्कर की तीर्थयात्रा पर भी गई। उसकी कविता में एकाधिक स्थानों पर यह उल्लेख मिलता है। वृन्दावन में मीरां के प्रवास की पुष्टि धार्मिक आख्यानों और उसकी कविता के अंत:साक्ष्यों से भी होती है। मीरां ने अपनी कविता में एकाधिक जगहों पर वृन्दावन को बहुत अनुराग और श्रद्धा के साथ स्मरण किया है। एक जगह वह कहती है—'वृन्दावन निज धाम देख्यो री वृन्दावन निज धाम।/ श्रीजमुना ज्यांकै निकट वैहत है सब विध पूरण काम।' मीरां के वृन्दावन प्रवास में धार्मिक आख्यानों में आए जीव गोस्वामी से उसकी भेंट और उनके स्त्री मुख नहीं देखने के प्रण को छुड़ाने के प्रसंग से भी होती है। यह प्रसंग कुछ सच्चाई लिए हुए है, क्योंकि इसका उल्लेख जीव गोस्वामी से संबंधित चैतन्य गौड़ीय संप्रदाय के प्रियादास के साथ *पद प्रसंग माला* में वल्लभ संप्रदाय के नागरीदास ने भी किया है। मीरां के विधवा जीवन के अंतिम वर्ष द्वारिका और बेट द्वारिका में भजन-कीर्तन, पुण्य कार्य और सत्संग आदि में निकले। इतिहास, लोकाख्यान, कविता, जनश्रुतियाँ आदि सभी इसकी पुष्टि करते हैं। कहते हैं कि मीरां काफ़ी समय तक आरंभभड़ा और बाद में बेट द्वारिका में रही। यहाँ उसने एक मंदिर बनवाया। यह उल्लेख इतिहास में सर्वप्रथम *पश्चिमी भारत की यात्रा* में लेफ़्टिनेंट कर्नल टॉड ने किया। एक धारणा यह भी है कि मीरां ने द्वारिका के लगभग नष्ट हो गए मुख्य मंदिर का जीर्णोद्धार करवाया। हरमन गोएट्जे के अनुसार, द्वारिका का वर्तमान मंदिर बहुत बाद में अठारहवीं शती में गोपाल नायक तांबेकार ने बनवाया था। मीरां 1537 ई. में द्वारिका पहुँची तब वहाँ का मुख्य कृष्ण मंदिर नष्टप्राय अवस्था में था। संभवतया मीरां की प्रेरणा से इसका पुनर्निर्माण हुआ। मीरां जीवन के अंतिम चरण में गुजरात में पूरी तरह रच-बस गई थी। उसकी गणना वहाँ नरसी मेहता के साथ पन्द्रहवीं शती के गुजराती भक्ति साहित्य के दो प्रमुख कवियों में होती है। मीरां की द्वारिका से मेवाड़-मारवाड़ वापसी के प्रयत्नों का कोई ऐतिहासिक साक्ष्य तो नहीं है, लेकिन धार्मिक आख्यानों और पारिस्थितिक साक्ष्यों से लगता है कि ऐसा हुआ होगा। बनवीर के पतन के बाद मेवाड़ में अराजकता और संकट का दौर कुछ हद तक समाप्त हुआ। उधर मेड़ता में लंबी ज़द्दोजहद के बाद पहले वीरमदेव और उसकी मृत्यु के बाद जयमल सत्तारूढ़ हुआ। कहते हैं कि उदयसिंह और जयमल, दोनों ने ही कुछ सामंतों को ब्राह्मणों सहित द्वारिका भेजकर मीरां की वापसी के प्रयत्न किए, लेकिन उसने मेवाड़-मेड़ता लौटने से इनकार कर दिया।

मीरां की मृत्यु के संबंध में यह धारणा है कि मेवाड़ वापसी के लिए धरना देने वाले ब्राह्मणों की सम्भावित मृत्यु पर ब्रह्म हत्या का पाप लगने के भय से मीरां भगवान रणछोड़ से अनुमति लेने मंदिर में गई और वहीं उनकी मूर्ति में विलीन हो गई। यह भी प्रचारित हुआ कि मूर्ति में समा जाने के दौरान उसके वस्त्र का कुछ हिस्सा बाहर रह गया। सांकेतिक रूप में अभी भी द्वारिका में द्वारिकाधीश की प्रतिमा के शृंगार में वस्त्र का एक हिस्सा इसीलिए बाहर रखा जाता है। मीरां के आरम्भिक अध्येता मुंशी देवीप्रसाद और इतिहासकार गौरीशंकर ओझा ने मेड़ता क्षेत्र के ग्राम लूणवे के भाट भूरदान की ज़बानी (मौखिक) के आधार पर मीरां का मृत्यु समय 1546 ई. माना है। केहरदान और दाऊदान की राणीमंगा भाटों की बही के अनुसार उसका निधन द्वारिका में 1548 ई. में हुआ। बही में उल्लेख है कि 'संवत् 1605 चेत वद 3 ने द्वारिका में राम केयो।' मीरां अदृश्य हो गई—उसने जल समाधि ले ली या वह चुपचाप कहीं चली गई, लेकिन लोक ने इस घटना को उसकी मृत्यु मानकर अपनी तरह से प्रचारित किया। लोक में प्रचारित हो गया कि 1546 ई. के आस-पास मीरां भगवान रणछोड़जी की मूर्ति में समा गई। मीरां के अध्येताओं और इतिहासकारों ने भी मान लिया कि किसी दुर्घटना, बीमारी या जल समाधि लेने से हुई मीरां की मृत्यु को लोक ने चमत्कार के रूप में प्रचारित कर दिया। क्योंकि यह घटना 1546 ई. के आस-पास हुई, इसलिए विद्वानों ने इसके बाद मीरां की अकबर, मानसिंह, तुलसीदास, तानसेन और बीरबल से भेंट से संबंधित जनश्रुतियों को अनैतिहासिक और कपोल कल्पित मानकर ख़ारिज कर दिया। मीरां के जीवन की पुनर्रचना करने वाले हरमन गोएट्जे का अनुमान है कि मीरां की मृत्यु 65–67 वर्ष की उम्र में हुई, इसलिए इस हिसाब से 1498 ई. के आस-पास जन्म लेने वाली मीरां का निधन 1563–1565 ई. में हुआ होगा। उनका मानना है कि मूर्ति में समा जाने की कहानी मीरां से मेवाड़ लौटने का आग्रह करने वाले ब्राह्मणों ने अपनी असफलता छिपाने के लिए गढ़ी होगी। उनके अनुसार, मीरां द्वारिका से चुपचाप निकलकर चली गई और बाद में वह दक्षिण और पूर्वी भारत के तीर्थस्थानों की यात्रा और प्रवास पर रही होगी। गोएट्जे को लोक स्मृति में लगभग एक दशक बाद 1560 ई. से कुछ पहले सबसे पहले उत्तर भारत में बांधवगढ़ (रीवां) के राजा रामचंद्र बाघेला (1555–1592 ई) के दरबार में उसकी मौजूदगी के फिर संकेत मिले। लोक धारणाओं के अनुसार, यहाँ कुछ समय रहने के बाद वह आम्बेर और मथुरा गई। जनश्रुतियों में वर्णित तानसेन, तुलसीदास, अकबर, मानसिंह और बीरबल से उसकी भेंट इसी दौरान हुई होगी। ये जनश्रुतियाँ एकबारगी पूरी तरह

अनैतिहासिक और कपोल कल्पित लगती हैं, लेकिन यदि मीरां का निधन 1546 ई. के आस-पास नहीं हुआ और वह 1563-1565 ई. तक जीवित थी, तो इस दौरान के ऐतिहासिक घटनाक्रम और परिस्थितियों के साथ इनका तालमेल बैठ जाता है।

2

मीरां की कविता उसके समकालीन संत-भक्तों से बहुत अलग और ख़ास किस्म की है। उसकी कविता में जगत् और जीवन का निषेध उस तरह से नहीं. है, जैसा अन्य मध्यकालीन संत-भक्तों के यहाँ है। उसकी कविता में दृश्य और मूर्त का उत्साहपूर्ण आग्रह है और वह अपनी ऐन्द्रिक संवेदनाओं और कामनाओं को खुलकर खेलने की छूट देती है। वह न तो जीवन और जगत् का निषेध करती है और न अपनी ऐन्द्रिक संवेदनाओं और कामनाओं का दमन करती है। मध्यकालीन संत-भक्त 'ब्रह्म सत्य, जगत् मिथ्या' की लगभग मान्य धारणा में सहज विश्वास के कारण लोकोत्तर के आग्रही थे। उनकी कविता में यह लोकोत्तर ही केंद्रीय सरोकार है, लेकिन मीरां की कविता में वस्तु जगत् बहुत सघन और व्यापक रूप में मौजूद है। नदी, तालाब, पेड़, पौधे, पशु, पक्षी, हवा, बिजली, धरती, आकाश, बादल, बरसात, जंगल, समुद्र, महल, अटारी, वस्त्र, आभूषण आदि मीरां की कविता में जिस आग्रह और उत्साह के साथ आते हैं, वैसे किसी और मध्यकालीन संत-भक्त की कविता में नहीं आते। मीरां की कविता में इंद्रिय संवेदनाओं और कामनाओं की भी अकुंठ और निर्बाध अभिव्यक्ति है। ख़ास बात यह है कि इस संबंध में अन्य संत-भक्तों की तरह उसमें किसी तरह की अंतर्बाधा या अपराधबोध नहीं है। मीरां संत-भक्तों से अलग सांसारिक स्त्री थी, इसलिए ये पर्व-त्योहार भी उसके जीवन का ज़रूरी हिस्सा थे। मीरां की कविता में ऐन्द्रिक कामनाओं और संवेदनाओं से सीधे जुड़े इन पर्व-त्योहारों की मौजूदगी भी ध्यान खींचने वाली है। उसकी कविता में संवेगों की स्वच्छंद अभिव्यक्ति के त्योहार होली की मौजूदगी सर्वाधिक है।

मीरां की कविता में व्यवस्था के प्रति असंतोष, नाराज़गी और विद्रोह का उग्र और मुखर स्वर मिलता है। मध्यकालीन संत-भक्तों की जन्मांतर व्यवस्था और कर्मफलवाद में असंदिग्ध और गहरी आस्था थी, इसीलिए उनकी कविता में उनके अपने समय की सामंतवादी व्यवस्था के स्वार्थपूर्ण हित संबंधों के प्रति असंतोष और नाराज़गी का भाव लगभग नहीं के बराबर है। मीरां की कविता इस मामले में बहुत अलग है। यह सामंती व्यवस्था के धर्म, दर्शन और लोक द्वारा मान्य स्वार्थपूर्ण हित संबंधों को सीधे चुनौती देती है। इनको लेकर इसमें असंतोष और

मुखर विद्रोह है। मीरां की कविता इस मामले में कुछ हद तक कबीर से भी आगे है। कबीर एक अमूर्त व्यवस्था को चुनौती देते हैं, जबकि मीरां एक साक्षात् और जीवित शत्रु से लोहा लेती दिखती है। उसका विद्रोह उस राज, धर्म और लोक सत्ता के विरुद्ध है, जो शत्रु के रूप में उसके सामने, उसके समय में और उसके स्थान पर है। वह अपने शत्रु मेवाड़ के शासक को चुनौती देती हुई कहती है, 'तुम जावो राणा घर अपनो, मेरी-तेरी नहीं सरी।' सत्ता को ललकारने का उसका स्वर अक्सर बहुत उग्र और चुनौतीपूर्ण है। वह कहती है, 'राणो म्हारो कांई कर लेसी, मीरां छोड़ दई कुल लाज।' मध्यकालीन संत-भक्त अपनी कविता में अपनी वैयक्तिक पहचान और अपने सांसारिक संबंधों के संबंध में मौन हैं, जबकि मीरां की कविता में ये सब आग्रहपूर्वक मौजूद हैं। मीरां संत-भक्तों की तरह न तो इनके प्रति उदासीन है और न इनको अनदेखा करती है। संत-भक्त अपनी स्थानिक पहचान को लेकर सजग नहीं हैं, लेकिन मीरां इसको याद रखती है। वह कुल मर्यादा छोड़ती है, लेकिन अपनी पहचान नहीं छिपाती। एक जगह वह कहती है, 'पीहर म्हारो देश मेड़तो छांड़ी कुल की कांणी।' वह अपने पीहर मेड़ता को छोड़ते हुए कहती है, 'साध संग मोहि प्यारा लागे, लाज गई घूंघट की/पीहर मेड़ता छोड़ा अपना, सुरत निरत दोइ चटकी।' एक अन्य स्थान पर वह अपनी कविता में अपने पीहर मेड़ता और ससुराल चित्तौड़, दोनों का उनके कुल-वंशों के साथ स्मरण करती है। वह कहती है, 'इक कुल राणा त्यारूं, आपणौं, दूजो राइ राठौड़/तीजो त्यारूं राणा मेड़तो, चौथो गढ़ चित्तौड़।' मीरां की कविता में सांसारिक संबंधों का द्वंद्व और त्रास भी है, जो आम तौर पर संत-भक्तों की कविता में नहीं मिलता। मीरां के मेवाड़ के शासक राणा से संबंध तनावपूर्ण हैं। मीरां कहती है, 'सीसोद्यो राणा, प्यालो म्हाने क्यूं रे पठायो/भली-बुरी तो मैं नहिं किन्हीं, राणो क्यों है रिसायो।' राणा से ही नहीं, सास, ननद और देवर से भी मीरां के रिश्ते सौहार्दपूर्ण नहीं हैं। वह कहती है, 'सासूजी बरजी ननद भी बरजी, राणोजी दावादार।'

मीरां संत-भक्तों की तरह संसार विरत स्त्री नहीं थी, इसलिए उसकी अभिव्यक्ति और भाषा में लोक बहुत सघन और व्यापक है। मध्यकाल में देशाटन और पारस्परिक संपर्क-सान्निध्य से संत-भक्तों की अभिव्यक्ति और भाषा के कुछ रूप रूढ़ हो गए थे। ये रूप स्थान भेद के बावजूद कमोबेश सभी संत-भक्तों की कविता में मिलते हैं। ख़ास बात यह है कि मीरां की कविता में रूढ़ अभिव्यक्ति और भाषा रूपों का प्रयोग बहुत कम है। संत-भक्तों से अलग मीरां एक सांसारिक स्त्री थी और उसका उठना-बैठना और संवाद अपने कुटुंब-कबीले और लोक समाज

के साथ था। वह लोक विमुख और वीतराग स्त्री नहीं थी। उसका जीवन राजा-प्रजा, माता-पिता, सास-ससुर-देवर-जेठ-ननद-भाभी, सखी-सहेली आदि रिश्तों के दायरे के भीतर था। इनके साथ उसके सुख-दुःख और राग-द्वेष के रिश्ते थे। उसकी कविता में इसीलिए संत-भक्तों से अलग इस पारिवारिक और सामाजिक जीवन की रूढ़ दैनंदिन अभिव्यक्ति और भाषा रूपों की भरमार है। मीरां नश्वर सांसारिक जीवन के लिए कहती है, 'जीवणो दिन चार,' आकुल-व्याकुल होने पर उसके मुँह से निकलता है, 'हियो फाटत मेरी छाती।' अपने दुर्भाग्य पर टिप्पणी करते वह कहती है—'अपणा करम का ही खोट, दोष कांई दीजे री आली।'

मीरां की भाषा और मुहावरा अपने समकालीनों से भिन्न पूरी तरह स्थानीय है। यह भाषा और उसका ख़ास मुहावरा राजस्थान के मेवाड़-मारवाड़ के अलावा और कहीं इस्तेमाल नहीं होता। मीरां के संबंध में सर्वाधिक उल्लेखनीय तथ्य यह है कि वह गूढ़ आध्यात्मिक अनुभूतियों की अभिव्यक्ति के लिए भी संत-भक्तों की रूढ़ अभिव्यक्ति और भाषा रूपों का सहारा नहीं लेती। यहाँ भी वह अपने स्त्री लैंगिक और दैनंदिन जीवन की वस्तुओं को ही बिंब-प्रतीकों के रूप में चुनती है। उसका मुहावरा स्थानीय और निजी है। कांकण (कंगन), मूंदरो (अँगूठी), घाघरो (लहंगा), दुलड़ी (दो लड़ी माला), दोवड़ो (आभूषण विशेष), अखोटा (कान का आभूषण), झूटणो (झुमका), बेसरि (नथ), चूड़ो (हाथी दाँत की चूड़ियाँ), राखड़ी (सिर का आभूषण) आदि उसके द्वारा रोज़ बरते जाने वाले आभूषण और वस्त्र ही उसकी गूढ़ आध्यात्मिक अनुभूति के बिंब-प्रतीक बनते हैं।

मीरां की कविता की भाषा संत-भक्तों से अलग, स्त्रियों की ख़ास भाषा है। अधिकांश मध्यकालीन संत-भक्त कुछ स्थानीय विशेषताओं के साथ एक रूढ़ साधु भाषा का इस्तेमाल करते हैं। यहाँ तक कि स्त्रियाँ भी जब संत-भक्त हो जाती हैं, तो उनकी भाषा भी साधु भाषा हो जाती है। मध्यकालीन स्त्री संत दयाबाई और सहजोबाई की भाषा यही साधु भाषा है। इनकी कविता में आया मुहावरा और बिंब-प्रतीक कबीर और उनकी परंपरा से लिए गए हैं। ख़ास बात यह है कि इन स्त्री संतों की भाषा में इनके संत होने के तमाम साक्ष्य और लक्षण मौजूद हैं, लेकिन इनमें उनके स्त्री होने की कोई छाप नहीं मिलती। मीरां अपने इन समकालीन पुरुष और महिला संत-भक्तों से अलग है। उसकी भाषा उसके स्त्री होने के सभी लक्षणों से संयुक्त है। उसकी भाषा बोलने वाली स्त्रियों की भाषा की तरह चटक, पुष्ट, जीवंत और धारदार है। इस भाषा में उसके स्त्री होने का दैन्य, असहायता, शिकायतें, उलाहने, ईर्ष्या, सुख-दुःख, द्वन्द्व और चिन्ता, सब आते हैं। उसका आग्रह

और निवेदन आद्यंत स्त्रियोचित है। वह लगभग हर दूसरे-तीसरे पद में यह ज़रूर कहती है—'अरज करूं अबला कर जोरे, स्याम तुम्हारी दासी।' उसकी शिकायतें स्त्रियोचित ईर्ष्यामय हैं, 'म्हैं बुरी छां, थांके भली है घणेरी, तुम है एक रसराज।'

3

मीरां की कविता इतनी समावेशी, लचीली और उदार है कि सदियों से लोक इसे अपना मानकर इसमें अपनी भावनाओं और कामनाओं की जोड़-बाकी कर रहा है। लोक में इस कारण 'मीरां के नाम से प्रसिद्ध और मीरां की छापवाली' हज़ारों रचनाएँ मिलती हैं। *गीत गोविंद* की 'टीका' सहित *नरसी जी रो मायरो* आदि कुछ प्रबंधात्मक रचनाओं के साथ भी मीरां का नाम जोड़ा जाता है, लेकिन विद्वान् इस संबंध में लगभग एक राय हैं कि ये मीरां की रचनाएँ नहीं हैं। मीरां के पदों के प्राचीन हस्तलिखित रूपों के अनुसंधान का कार्य ललिता प्रसाद सुकुल, नरोत्तम स्वामी, हरिनारायण पुरोहित, प्रभात, पद्मावती शबनम, उदयसिंह भटनागर, कल्याणसिंह शेखावत, ब्रजभूषण सिंहल आदि कई विद्वानों ने किया। मीरां के पदों के प्राचीनतम हस्तलिखित रूप सोलहवीं सदी के हैं और बाद में भी ये निरंतर मिलते हैं। ललिता प्रसाद सुकुल ने डाकोर की दो (1558 ई. और 1748 ई.) और काशी एवं कानपुर की एक-एक (1670 ई.) हस्तलिखित प्रतियों के आधार पर कुल 103 पद *मीरां स्मृति ग्रंथ* में प्रकाशित किए। मीरां के उस समय उपलब्ध पदों में ये प्राचीनतम थे, लेकिन एक तो इनकी भाषा मीरां की देश भाषा के स्वभाव से हटकर थी और दूसरे, इनके हस्तलिखित रूप बाद में उपलब्ध नहीं हुए। कई विद्वानों ने इस आधार पर इन पदों को अप्रामाणिक ठहरा दिया। नरोत्तम स्वामी ने उन्नीसवीं सदी की किसी हस्तलिखित प्रति के आधार पर अपने संग्रह *मीरां मंदाकिनी* में 161 पद प्रकाशित किए। भाषा के आधार पर इन पदों को प्रामाणिक माना गया, लेकिन इनका हस्तलिखित रूप अब उपलब्ध नहीं है। उदयसिंह भटनागर ने भी उदयपुर की धोली बावड़ी स्थित रामद्वारा के 1861 ई. में लिपिबद्ध गुटके से 55 पद प्रकट किए। महाराजा मानसिंह पुस्तक प्रकाश, जोधपुर के संग्रह के एक गुटके में दो पद 1575 ई. के लिखे हुए मिलते हैं। इसी तरह गुजरात विद्या सभा, अहमदाबाद के तीन गुटकों में 1638, 1644 और 1656 ई. में लिपिबद्ध 19 पद उपलब्ध हैं। मीरां के पितृकुल से संबद्ध नागरीदास उर्फ कृष्णगढ़ नरेश सावंतसिंह राठौड़ (1699-1766 ई.) वल्लभ संप्रदाय में दीक्षित थे। उनकी *पदप्रसंग माला* में मीरां के भी छह पद प्रसंग सहित सम्मिलित किए गए हैं। सिखों के पाँचवें गुरु

अर्जुनदेव ने भी अन्य संतों की वाणियों के साथ मीरां का भी एक पद *गुरुग्रंथ साहिब* (1604 ई.) में सम्मिलित किया था।

मीरां के पदों के कई पाठांतर, अवांतर और प्रक्षिप्त रूप मिलते हैं और ये एकाधिक भाषाओं में भी हैं, इसलिए इनमें से मीरां के मूल पदों की पहचान बहुत जटिल और कठिन कार्य है। पदों के अनुसंधान और उनमें से मूल की पहचान का सबसे अधिक मान्य और स्वीकार्य कार्य हरिनारायण पुरोहित ने किया। वे आजीवन इस कार्य में लगे रहे। विडंबना यह है कि उनका यह कार्य उनके मरणोपरांत, बहुत विलंब से 1968 ई. में राजस्थान प्राच्य विद्या प्रतिष्ठान, जोधपुर से *मीरां बृहत्पदावली*, भाग–1 के रूप में प्रकाशित हुआ। हरिनारायण पुरोहित जयपुर राजघराने में जनाना ड्योढ़ी के सुपरिंटेंडेंट होने के साथ विद्याव्यसनी, साहित्य साधक और इतिहासकार थे। हरिनारायण पुरोहित के संकलन के बाद भी राजस्थान के सरकारी और निजी संग्रहों में मीरां के कई पद ऐसे थे, जो सर्वथा अप्रकाशित थे। इनके अनुसंधान का कार्य कल्याणसिंह शेखावत ने किया। उनकी *मीरां बृहत्पदावली*, भाग–2 भी राजस्थान प्राच्य विद्या प्रतिष्ठान, जोधपुर से प्रकाशित हुई। भारतेंदु हरिश्चंद्र के दोहित्र और विद्याव्यसनी विद्वान् बाबू ब्रजरत्नदास ने भी 1948 ई. में विभिन्न स्रोतों से एकत्र कर *मीरां माधुरी* नाम से 469 पद प्रकाशित किए। मीरां के पदों का एक विस्तृत संग्रह साधु स्वामी आनंदस्वरूप के संपादन में *मीरां सुधा सिंधु* शीर्षक से 1957 ई. में प्रकाशित हुआ। इस संग्रह में 1372 पद हैं, जिनमें से 217 पद गुजराती के भी हैं। आनंदस्वरूप साधु थे, इसलिए उनका ज़ोर पदों की प्रामाणिकता पर कम, अपने संग्रह को बड़ा करने पर ज्यादा था।

मीरां के पदों में भाषायी वैविध्य बहुत है, लेकिन यह किसी भी तरह असामान्य नहीं है। मीरां के पद राजस्थानी के साथ गुजराती, ब्रज आदि भाषाओं में भी मिलते हैं। दरअसल मीरां के समय पंद्रहवीं-सोलहवीं सदी में राजस्थान, गुजरात, ब्रज, मालवा आदि में जो भाषा इस्तेमाल हो रही थी, वो कुछ क्षेत्रीय विशेषताओं को छोड़कर लगभग एक थी। इस भाषा की अलग-अलग और स्पष्ट क्षेत्रीय पहचानें बाद में विकसित हुईं। ख़ास बात यह है कि इनका पृथक् भाषिक पहचानों के रूप में विभाजन और वर्गीकरण तो आगे चलकर उपनिवेशकाल में साम्राज्यवादी स्वार्थ के तहत जार्ज ग्रियर्सन ने किया। मीरां के पदों की भाषा एकरूप भी नहीं है—कोई पद संपूर्ण ब्रज में है, तो किसी पद में राजस्थानी और ब्रज एक साथ हैं और किसी पद में राजस्थानी के साथ कुछ शब्द या वाक्यांश गुजराती के भी आ गए हैं। यह विडंबना ही है कि मीरां के पदों की कई हस्तलिखित प्रतियों के मुद्रित रूप तो उपलब्ध हैं, लेकिन

उनके हस्तलिखित रूप अब उपलब्ध ही नहीं हैं। ललिता प्रसाद सुकुल ने डाकोर, काशी और कानपुर की हस्तलिखित प्रतियों की फ़ोटो प्रतियाँ नहीं रखीं, नरोत्तम स्वामी ने भी जिस प्रति से पद लिए, उसकी हस्तलिखित प्रति अब उपलब्ध नहीं है, इसलिए इन पाठों को कुछ विद्वान् अप्रामाणिक मानते हैं। दरअसल मीरां के उपलब्ध पाठ अप्रामाणिक नहीं हैं। यह अवश्य है कि अपने असल पाठों से कुछ इधर-उधर हो गए हैं। यह 'इधर-उधर' केवल मीरां के पाठों में ही नहीं है, यह प्राचीन और मध्यकालीन अधिकांश संत-भक्तों के पाठों में है।

प्रस्तुत संकलन में पद सभी उपलब्ध स्रोतों से लिए गए हैं। चयन में प्राथमिकता ऐसे पदों को दी गई है, जो लोकप्रिय हैं। लोकप्रिय पदों के संबंध में ख़ास बात यह है कि कई और अलग-अलग लोगों द्वारा निरंतर उपयोग और आवृत्ति के कारण ये अपने मूल पाठ से अलग हो गए हैं। यहाँ कोशिश इनका उपलब्ध मूल पाठ देने की है। यहाँ अनुस्वार और अनुनासिक के प्रयोग को लेकर कोई एकरूपता और नियम नहीं है। यह मूल पाठ के अनुसार है। ण सर्वत्र ष के रूप में लिखा गया है। प्राचीन राजस्थानी में यह इसी तरह प्रयुक्त होता था। सामान्य पाठकों को ध्यान में रखकर पाद टिप्पणी में उन शब्दों के अर्थ भी दिए गए हैं, जो विशिष्ट हैं और जिनका प्रयोग हिन्दी में नहीं या कम मिलता है।

13 अप्रैल, 2021   **—माधव हाड़ा**
भारतीय उच्च अध्ययन संस्थान,
राष्ट्रपति निवास, शिमला

प्रेम

अब कोऊ कछु कहो दिल लागा रे (टेर*)

जाकी प्रीत लगी लालन से, कंचन मिला सुहागा रे।

हंसा की प्रकृत[1] हंसा जाणे, का जाणे नगर कागा[2] रे॥

तन भी लागा मन भी लागा, ज्यों बामण[3] गल[4] धागा रे।

मीरां के प्रभु गिरधरनागर, भाग[5] हमारा जागा रे॥ 1॥

❖ ❖ ❖

अब नहिं जाने दूँ गिरधारी,

(मोहे) प्रीत लगी अति भारी। (टेर)

बाँको[6] मुकट काछनी[7] सुन्दर, ऊपर जरद[8] किनारी।

गल मुतियन की माला बिराजे, कुण्डल की छबि न्यारी॥

बाँकी भों कजरारे नैनां, अलकैं छुट रही कारी।

मंद-मंद मुरली धुन बाजत, मोही ब्रज की नारी॥

क्षुद्र घंटिका कटि कर सौहे, भुज पर बाजू[9] धारी।

कड़ा मरहटी सुघर नेवरी[10], नूपुर की झुँणकारी॥

दुरजन लोग हँसो क्योंने मोसों, दे दे कर कर तारी[11]।

मीरां प्रभु की भई दिवानी, प्रेम मगन मतवारी॥ 2॥

❖ ❖ ❖

अब (तो) हरि नाम लो लागी।

सब जग को यह माखन चोर्यो, नाम धर्यो वैरागी। (टेर)

कित छोड़ी वह मोहन मुरली, कित छोड़ी सब गोपी।

मूँड[1] मुडाइ डोरी कटि बाँधी, माथे मोहन टोपी॥

मात जसोमति माखन कारण, बाँधे जाके पाँव।

स्याम किसोर भयो नव गोरा[2], चैतन्य[3] जाको नाँव॥

पीताम्बर को भाव दिखावै, कटि कोपीन[4] कसै।

गौर[5] कृष्ण की दासी मीरां, रसना कृष्ण बसै॥   3॥

❖ ❖ ❖

आज सुणी हरि आवा री, आवा री मन भावाँ री।

हरि ना आवै गैल[6] लखावाँ, बाण[7] पड़ी ललचावाँ री।

नैनाँ म्हारा कह्यो न मानै, नीर झरै निसि जावाँ री।

काँई करूँ कछु ना बस म्हारो, ना पंख म्हारे उड़ावाँ री।

मीरां रे प्रभु गिरधरनागर, बाट जोवाँ थाँ आवाँ री॥ 4॥

❖ ❖ ❖

---

1. सिर 2. गौरांग 3. चैतन्य महाप्रभु 4. लंगोटी जिसे संन्यासी पहनते हैं 5. गौरांग, चैतन्य महाप्रभु
6. मार्ग 7. आदत, स्वभाव

आजु मैं देख्यो गिरधारी।

सुन्दर बदन मदन की शोभा, चितवन अनियारी[1]। (टेर)

बजावत बंसी कुंजन में।

गावत ताल तरंग रंग ध्वनि, नचत ग्वाल-गन[2] में॥

माधुरी मूरति वह प्यारी।

बसी रहै निसिदिन हिरदै[3] बिच, टरे नहीं टारी॥

वाहि पर तन मन हैं वारी[4]।

वह मूरति मोहिनी निहारत, लोक लाज डारी।

तुलसी बन कुंजन संचारी।

गिरधरलाल नवल नटनागर, मीरां बलिहारी॥ 5॥

❖ ❖ ❖

आली री मेरे नयनन बान[5] पड़ी। (टेर)

चित्त चढ़ी मेरै माधुरी मूरत, उर बिच आन[6] अड़ी॥

कब की ठाड़ी[7] पंथ निहारूँ, अपने भवन खड़ी॥

कैसे प्राण पिया बिन राखूँ, जीवन मूल जड़ी॥

मीरां गिरधर हात बिकानी, लोग कहै बिगड़ी[8]॥ 6॥

❖ ❖ ❖

---

1. नोकदार, तीक्ष्ण 2. ग्वाल समूह 3. हृदय 4. न्यौछावर 5. स्वभाव 6. आकर; 7. खड़ी हुई
8. परंपरा से भिन्न आचरण करने वाली, चरित्रहीन

आवो मनमोहनाजी, जोऊँ थारी बाट। (टेर)

खान पान मोहि नेक न भावे, नैण न लगे कपाट॥

तुम आयां बिन सुख नहिं मेरे, दिल में बहोत उचाट[1]॥

मीरां कहे मैं भई रावरी[2], छाँड़ो नाहि निराट[3]॥ 7॥

❖ ❖ ❖

आवो मनमोहनाजी मीठा थाँरा बोल। (टेर)

बालपने की प्रीत रमइयाजी, कदे नहिं आयो थारो तोल[4]॥

दरसन बिन मोहिं जक[5] न परत है, चित मेरो डाँवाडोल[6]॥

मीरां कहे मैं भई रावरी, कहो तो बजाऊं ढोल॥ 8॥

❖ ❖ ❖

---

1. उदासीनता 2. आपकी 3. असहाय 4. थाह, गंभीरता 5. चैन 6. चंचल, अस्थिर, हिलता हुआ

उड़ जावो री म्हारी सोनचिड़ी[1]। (टेर)

काहे से मँडाऊँ थारी आँख पाँखड़ी,

काहे से मँडाऊँ थारी चोंच जड़ी।

रूपा सू मँडाऊँ थारी आँख पाँखड़ी,

सोना से मँडाऊँ थारी चोंच जड़ी॥

कह म्हारी चिड़िया सुगन की बाताँ,

कद[2] आवेला म्हारा श्याम धणी॥

मीरां के प्रभु गिरधरनागर,

बाट जोऊँ थारी कदकी खड़ी॥ 9॥

❖ ❖ ❖

कितहू गये नेह लगाइ। (टेर)

प्रीति लगाइ मेरो मन हर लीनो, रस भरि टेर सुनाइ॥

हमसे बैर प्रीति कुबजा से, हमैं न कहूँ सुहाइ॥

मेरे (तो) मन में ऐसी आवै, मरूँगी जहर बिष खाइ॥

हम कूँ छांड़ गये बिसवासी, बिरह की नाव चढ़ाइ॥

मीरां के प्रभु अविनाशी, रहे मधुपुरी[3] छाई[4]॥ 10॥

❖ ❖ ❖

---

1. स़फ़ेद और काले रंग की एक चिड़िया, जिसके शकुन लिए जाते हैं 2. कब 3. मधुरा 4. छा गए

कोई कहियौ रे प्रभु आवन की, आवन की मन भावन की। (टेर)
आप न आवै लिख नहिं भेजै, बाँण[1] पड़ी ललचावन की॥
ए दोई नैन कह्यो नहिं मानैं, नदियाँ बहै जैसे सावन की॥
कहा करूँ कछु नहिं बस मेरो, पाँख नहीं उड़ जावन की॥
मीरां कहै प्रभु कब रै मिलोगे, चेरी भई हूँ तेरे दावन[2] की॥ 11॥

❖ ❖ ❖

को विरहिणी को दुख जाणे ?
जा घर विरहा सोई लखिहै[3], कै[4] कोइ हरिजन मानै।
रोगी अंतर वैद वसत है, वैदहि ओखद[5] जाणै।
विरह करद[6] उर अंतर मांही, हरि बिन सव सुख कानै[7]।
दुगधा[8] आरण[9] फिरै दुखारी, सुरत[10] वसी सुत[11] मांनै।
चातग[12] स्वातिबूंद मन मांही, पीव पीव उकलाणै[13]।
सब जग कूडो[14], कंटक दुनिया, दरध न कोई पिछाणै[15]।
मीरां के पति आप रमइयो, दूजो नहीं कोई छानै[16]॥ 12॥

❖ ❖ ❖

---

1. आदत, स्वभाव 2. दामन 3. देखेगा 4. अथवा 5. औषध, दवा 6. कटार 7. एक ओर, अलग
8. दूध देने वाली गाय 9. अरण्य, वन 10. ध्यान 11. बछड़े 12. चातक 13. व्याकुल होता है
14. झूठा 15. पहचानता है 16. चुपके

क्यूंकर म्हे दिन काटाँ।

थेतो म्हाँसूं अंतर राखौ, राखौ कपटी आँटाँ[1]। (टेर)

कुब्जया दासी कंसराइ की फिरती कपड़ा फाटाँ[2]।

वाकूँ तो पटराणी कीन्हीं, पहरै रेसम पाटाँ॥

बाजूबंद मूँदड़ी अँगुली, नखसिख गहणौं साटाँ[3]।

पहर कूबड़ी न्हावण[4] चाली, जल जमुना कै घाटाँ॥

धानाँ न भावै नींद न आवै, चिंता लगी निराटाँ[5]।

मीरां के प्रभु गिरधरनागर, देख देख हियो फाटाँ॥ 13 ॥

❖ ❖ ❖

गिरधर रूसणूंजी कोंण गुन्हां[6]। (टेर)

कछु इक ओगुण काढ़ो[7] म्हांमैं, म्हे भी कानां सुणां॥

मैं तो दासी थारी जनम जनम की, थे साहिब सुगणां॥

कांईं बातसूं कर्यो रूसणूं[8], क्यों दुख पावो छो मनां॥

किरपा करि मोहि दरसण दीज्यो, बीते दिवस घणां[9]॥

मीरां के प्रभु हरि अविनासी, थारो ही नावं भणां॥ 14 ॥

❖ ❖ ❖

---

1. गाँठें, मोड़ 2. फटे हुए 3. क्रय करना, खरीदना 4. नहाने 5. असहाय 6. गुनाह, अपराध
7. निकालो 8. क्रोध, नाराज़गी 9. बहुत

घड़ी एक नहीं आवड़े[1], तुम दरशण बिन मोय।
तुम हो मेरे प्राण जी, कासूं जीवन होय॥
धान[2] न भावै नींद न आवै, विरह सतावै मोय।
घायल सी घूमत फिरूँ, मेरा दरद न जाणे कोय॥
दिवस तो खाय गमाइयो रै, रैण गमाई सोय।
प्राण गमायो झूरतां[3] रै, नैण गमाया रोय॥
जो मैं ऐसा जानती रै, प्रीत किये दुख होय।
नगर ढिंढोरा फेरती रै, प्रीत करो मत कोय॥
पंथ निहारूँ डगर बुहारूँ, ऊभी[4] मारग जोय।
मीरां के प्रभु कब रे मिलोगे, तुम मिलियाँ सुख होय ॥ 15 ॥

❖ ❖ ❖

चितनंदन आगे नाचूंगी। (टेर)
नाच नाच पिय तुमहिं रिझाऊं, प्रेमीजन को जाचूँगी॥
प्रेम प्रीति का बाँध घूँघरा, सुरत की कछनी[5] काछूँगी॥
लोक लाज कुल की मरजादा, यामें एक न राखूँगी॥
पिय के पलँगां जा पोढूंगी[6], मीरां हरि रँग राचूँगी॥ 16 ॥

❖ ❖ ❖

---

1. मन लगना, सुहाना 2. अन्न, भोजन 3. आँसू बहाते हुए, कलपते हुए 4. खड़ी हुई 5. जांघिया, कछौटा 6. सोऊँगी

जाओ हरि निरमोह डारे, जाणी थाँरी प्रीत। (टेर)
लगन लगी जब और प्रीत छी, अब क्यों भये नचीत[1]॥
अमृत पाय बिष क्यूँ दीजे, कौण गाँव की रीत॥
मीरां कहे प्रभु गिरधरनागर, आप गरज[2] के मीत॥   17॥

❖ ❖ ❖

जोगियाजी निसदिन जोऊं बाट।

पांव न चाले पंथ दुहेलो[3], आज औघट[4] घाट। (टेर)
नगर आइ जोगी रम गया रे, मो मन प्रीत न पाइ।
मैं भोली भोलापण कीन्हो, राख्यौ नहीं बिलमाइ॥
जोगिया कूँ जोवत बोहो दिन बीत्या, अजहूं आयो नांहि।
विरह बुझावण अंतर आवो, तपत लगी तन मांहि॥
कै तो जोगी जग में नाँहीं, कै'र[5] बिसारी मोइ।
काँई करूँ कित जाऊँरी सजनी, नैण गुमाया रोइ॥
आरति तेरी अंतरि मेरे, आवो अपणी जाण।
मीरां ब्याकुल विरहिणी रे, तुम बिन तलफत प्राण॥   18॥

❖ ❖ ❖

---

1. निश्चिंत 2. आवश्यकता, ज़रूरत 3. संकट युक्त, कठिन 4. अवघट, विकट, कठिन, दुर्गम
5. या फिर

जोगिया सों प्रीत कियाँ दुख होय। (टेर)

प्रीत कियाँ सुख नहिं मोरी सजनी, जोगी मींत[1] न कोई।

रात दिवस कल[2] नाहिं परत है, तुम मिलियाँ[3] बिन मोई॥

ऐसी सूरत या जग माहीं, फेरि न देखी सोई।

मीरां के प्रभु कब रे मिलोगे, मिलियाँ आनंद होई॥ 19॥

❖ ❖ ❖

जो तुम तोड़ो पिया, मैं नाही तोड़ूँ।

तोरी[4] प्रीत तोड़ी कृष्ण, कौण संग जोड़ूँ॥

तुम भये तरुवर, मैं भयी पँखियाँ।

तुम भये सरोवर, मैं तारी मछिया॥

तुम भये गिरिवर, मैं भई चारा।

तुम भये चंदा, मैं भई चकोरा॥

तुम भये मोती, प्रभु मैं भई धागा।

तुम भये सोना, मैं भई सुहागा॥

मीरां कहे प्रभु बृज के बासी।

तुम मोरे ठाकुर, मैं तोरी दासी॥ 20॥

❖ ❖ ❖

---

1. मित्र 2. चैन 3. मिलकर 4. तेरी

जोसीड़ा ने लाख बधाई रे, अब घर आये स्याम। (टेर)
आजि आनंद उमँगि भयो है, जीव लहै सुख धाम॥
पांच सखी मिलि पीव परसि कैं आनंद ठामूं ठाम[1]॥
बिसरि गई दुख निरखि पिया कूं, सफल मनोरथ काम॥
मीरां के सुखसागर स्वामी, भवन गवन कियो राम॥ 21॥

❖ ❖ ❖

तनक हरि चितवौ जी मोरी ओर। (टेर)
हम चितवत तुम चितवत नाहीं, दिल के बड़े कठोर॥
आसा चितवनि तुमरी, और न दूजी दोर[2]॥
तुम से हमकूं तो तुम ही हो, हम सी लाख करोर॥
ऊभी ठाढ़ी[3] अरज करत हूं, अरज करत भयो भोर॥
मीरां के प्रभु हरि अबिनासी, दूंगी प्राण अकोर[4]॥ 22॥

❖ ❖ ❖

---

1. स्थान, जगह 2. शक्ति, बल 3. खड़ी हुई 4. भेंट, उपहार

तुम्हारे कारण सब सुख छोड्या, अब मोहि क्यूं तरसाओ ॥ (टेर)

विरह-व्यथा लागी उर[1] अन्दर, सो तुम आय बुझाओ ॥

अब छोड्यां नहिं बनै[2] प्रभूजी, हंस कर तुरत बुलाओ ॥

मीरां दासी जनम जनम की, अंग सूं अंग लगाओ ॥ 23 ॥

❖ ❖ ❖

तैं दरद नहिं जान्यूं, सुनि रै बैद[3] अनारी। (टेर)

तु जा बैद घर आपणैं रे, तुझे खबर मोरी नांहीं।

मोरे दरद को तू मरम न जाणैं, करक[4] कलेजा रै मांहीं ॥

प्राण जांण का सोच नहीं मोहि, नाथ दरस घ्यौ आरी।

तुम दरसण बिन जीव यूं तरसै, ज्यूं जल बिनि पनवारी[5] ॥

कहा कहूं कछु कहत न आवै, सुणिज्यौ आप मुरारी।

मीरां के प्रभु कबरे मिलोगे, जनम जनम की मैं थारी ॥ 24 ॥

❖ ❖ ❖

---

1. हृदय 2. बनता है 3. वैद्य 4. रह-रह कर उठने वाली पीड़ा, खटक 5. पर्णवाटिका, बगीचा

थाँने काँई काँई कह समझाऊँ म्हारा बाल्हा[1] गिरधारी। (टेर)

पूरब जनम की प्रीत हमारी, अब नहीं जात निबारी[2]॥

सुन्दर बदन जोवते सजनी, प्रीति भई है भारी॥

म्हारै घराँ पधारो गिरधर, मंगल गावै नारी॥

मोती चोक पुराऊँ बाल्हा, तन मन तो पर वारी॥

म्हारो सगपण[3] तोसूँ साँवलिया, जग से नहीं बिचारी॥

चरण शरण है दासी तोरी, पलक न कीजे न्यारी॥

मीरां कहै गोपिन कों बाला[4], हमसूं भये ब्रह्मचारी॥ 25॥

❖ ❖ ❖

दरस बिन दूखन लागे नैन। (टेर)

जबसे तुम बिछुड़े मोरे प्रभुजी, कबहु न पायो चैन॥

शब्द सुनत मेरी छतियाँ कंपै, मीठे लागे (तुम) बैन॥

एक टकटकी[5] पंथ निहारूँ, भई छमासी[6] रैन॥

विरह विथा कासूं कहुँ सजनी, बह गई करवत ऐन॥

मीरां के प्रभु कब रे मिलोगे, दुख मेटन[7] सुख देन॥ 26॥

❖ ❖ ❖

---

1. प्रिय, पति 2. निभाना 3. सगाई, संबंध, नाता 4. प्रिय 5. बिना पलक झपके 6. छह महीने की 7. मिटाने वाले

देखो सइयाँ हरि मन काठो[1] कीयो। (टेर)

आवन कह गयो अजहुँ न आयो, करि-करि बचन गयो॥
खांन पांन सुध बुध सब बिसर्‌या, कैसे करि न जियो॥
बचन तुम्हारे तुम हि बिसारो, मन मेरो हरि लियो॥
मीरां कहै प्रभु गिरधरनागर, तुम बिन फटत हियो॥ 27॥

❖   ❖   ❖

निरमोहीड़ो नेह न जोड़ै छै। (टेर)

यो मन मस्त कह्यो नहीं मानै, अमृत में बिष घोरै छै॥
आप तो जाइ द्वारिका में छाए, हमकूं बिरहा झोरै[2] छै॥
कुबज्या दासी कंसराइ की, आप सरब सुख लोरै[3] छै॥
मीरां के प्रभु हरि अबिनासी, लागी प्रीति क्यूँ तोड़ै छै॥ 28॥

❖   ❖   ❖

---

1. कठोर 2. दु:खी करना 3. तरंगायित

नातो हरिनाम को मोसूँ तनक न तोड्यो जाइ। (टेर)

पीया काज पीरी पडी री, लोग कहैं पँडु[1] रोग।

छानै[2] लाँघन मैं किया री, सजनी राम मिलन के जोग॥

खिंण आँगन खिंण डागलै[3] रे, (बाला) खिंण खिंण ऊभी होइ।

घायल ज्यूं घूमत फिरूँ री, म्हारो मरम न जाँणैं कोइ॥

बाबल[4] बैद बुलाइया, म्हारी पकड़ दिखाई बाँहिं।

मूरख बैद न जानई, म्हारे करक[5] कलेजा माँहिं॥

जा जा बैद घर आपणें रे, म्हारो तू नाम न लेहि।

मैं तो दाधी बिरह की रे, तू काँई देखै देहि॥

रे रे पापी पपीहरा रे, पिया को नाम न लेहि।

कोइक बिरहनि साम्हलै[6] रे, तो पीव कारण जीव देहि॥

काढ़ि करेजो मैं धरूँ रे, उड़ि कागा (कौवा) ले जाइ।

ज्याँ देसाँ म्हारो पी बसै रे, वै देखैं तू खाइ॥

पीव मिल्याँ जीऊँ खरी रे, नाँतर[7] तजिहूँ देह।

दासी मीरां राम राती, हरि बिन किसो सनेह॥ 29॥

❖ ❖ ❖

---

1. पीलिया, एक रोग विशेष 2. छिपकर 3. छत 4. पिता 5. रह-रह कर उठने वाली पीड़ा, खटक
6. सुनेगी 7. नहीं तो

नींद नहिं आवै जी सारी रात॥ (टेर)

करवट लेकर सेज टटोलू (रूँ) पिया नहीं मोरे साथ॥

सगली[1] रैन मोये तड़फत बीती, सोच सोच जिया जात॥

मीरां के प्रभु गिरधरनागर, आन भयो परभात॥ 30॥

❖ ❖ ❖

नेहा समद बिच नाव लगी है,

बाल[2] न लगत बही जात अकेली। (टेर)

लाज को लंगर छूट गयो है, बही जात बिन दाम की चेरी।

मलहन[3] कर से छाँड दई है, आस बड़ी गोपाल ज्यो तेरी॥

अब के पार लगावो नाँतर[4], लोग हँसेंगे बजा के हतेरी[5]।

मीरां के प्रभु गिरधरनागर, मेरी सुध लीज्यो प्रभु आँन सवेरी॥ 31॥

❖ ❖ ❖

---

1. संपूर्ण, पूरी 2. पाल, समुद्र का किनारा 3. पतवार 4. नहीं तो 5. हथेली

नैनन बनज बसाऊं री, जो मैं साहिब पाऊँ री॥ (टेर)

इन नैनन मेरा साहिब बसता, डरती पलक न नाँऊँ[1] री॥

त्रिकुटी महल में बना है झरोका, तहां से झाँकी लगाऊँ री॥

सुन्न[2] महल में सुरत जमाऊँ, सुख की सेज बिछाऊँ री॥

मीरां के प्रभु गिरधरनागर, बार बार बलि जाऊँ री॥ 32॥

❖ ❖ ❖

पपैया म्हारो कब रो बैर चितार्यो[3]। (टेर)

म्हें सोई छी अपणे भवन में, पियु पियु करत पुकार्यो।

दाध्या[4] ऊपर लूण[5] लगायो, हिवड़े करवत सार्यो॥

ऊभा बैठयाँ विरछ री डाली, बोलाँ कंठ ना सार्यो॥

मीरां रे प्रभु गिरधरनागर, हरि चरणाँ चित धार्यो॥ 33॥

❖ ❖ ❖

---

1. झुकाऊँ 2. शून्य 3. याद किया 4. दग्ध, जला हुआ 5. नमक

पपीया रे पीवकी बानी न बोलि।
सुनि पावेगी बिरहनि रालैली[1] पाँखाँ मरोड़ि। (टेर)
चोंच कटाऊँ पपीया रे, ऊपर कालो रे लोंण[2]।
पीव हमारे मैं पीवकी रे, तू पीव कहै सो कौंण॥
थारा सबद सुहावणां रे, जै पीव मिलावै आज।
चोंच मँढाऊँ थारी सोहनी, तू म्हारै सिरताज॥
पीतमकूँ पतियाँ लिखूँ, कागा तू ले जाइ।
पीतमकूँ तू यौं जाइ कहियौ, थारी विरहनि अन्न न खाइ॥
तुम मति जानो पीतमा हो, तुम बिछड्यां मोहि चैंन।
मोहि चैंन जब होइगो, भरि भरि देखूँ नैंन॥
मीरां दासी वारणै[3] हो, पिव पिव करत बिहाइ।
बेगि मिलौ प्रभु अन्तरजामी, तुम बिन रह्यो न जाइ॥ 34॥

❖ ❖ ❖

---

1. बिखेर देगी, छितरा देगी 2. नमक 3. बलिहारी जाती है

पिया बिनि रह्योई न जाइ। (टेर)
तन मन मेरा पिया पर वारूँ[1], बार-बार बलि जाई॥
निस दिन जोऊँ बाट[2] पिया की, कबरे मिलोगे आई॥
मीरां के प्रभु आस[3] तुमारी, लीज्यौ कण्ठ लगाई॥ 35॥

❖ ❖ ❖

पिया बिन सूनूं सारो देस, जतन करो हे आली हे॥ (टेर)
है कोई ऐसा पिया मिलावै, तन मन धन करूं भेट॥
तेरे कारण बन बन डोलूं, कर जोगिन को भेष॥
अवधि विदीती[4] अजहुं न आये, पीरे[5] पड़ गये केस॥
मीरां के प्रभु गिरधरनागर, ध्यावै शेष महेस॥ 36॥

❖ ❖ ❖

---

1. न्यौछावर करूँ 2. प्रतीक्षा करती हूँ 3. आशा 4. व्यतीत हुई 5. पीले

पिये मोही आरत[1] तेरी हो।
आरत तेरे नाम की, मोहि साँझ सवेरी हो। (टेर)
या तनके दिवला करूँ, मनसा करूँ बाती हो।
तेल जलाऊँ प्रेम का, बालूँ दिनराती हो॥
पटिया पारूँ ज्ञानकी, मन माँग सँवारूँ हो।
पिया तेरे कारणै धन जोबन वारूँ हो॥
सेजड़िया बहुरंगिया, बहु फूल बिछाया हो।
रैन गई तारा गिनत, प्रभु अजहुँ न आया हो॥
आया सावन भादवा, वरसा ऋतु आई हो।
मेहा घटा घन घेरि, नैनन झर लाई हो॥
मात पिता तुमको दियो, तुमही भल गैलो[2] हो।
तुम तजि और भरतार[3] को, मन मैं नहिं आनों हो॥
तुमहो पूरे साँइयाँ, पुरा सुख दीजे हो।
मीरां ब्याकुल बिरहनी, अपनी कर लीजे हो॥ 37 ॥

❖ ❖ ❖

---

1. करुणाजनक पुकार 2. मार्ग, रास्ता 3. पति, स्वामी

प्रभुजी थे कहाँ गया नेहड़ो लगाय॥ (टेर)

छोड़ गया विश्वास सँगाती, प्रेम की बाती बराय[1]॥

विरह समद में छोड़ गया छो, नेह कि नाव चलाय॥

मीरां के प्रभु कबरे मिलोगे, तुम बिना रहा न जाय॥ 38॥

❖ ❖ ❖

माई ! मेरा पिया बिन अलूणों[2] देस।

राग-रंग सिणगार[3] न भावै[4], खुलि रहे सिर के केस।

सावण आयो, साहिब दूरे, जाइ रहे[5] परदेस।

सेझ अलूणी, भवन अकेली, रैण भयंकर भेस।

आव सलूणे[6] प्रीतम प्यारे! बीते जोबन-वैस।

मीरां के प्रभु हरि अविनासी, तन मन करूं सब पेस[7]॥ 39॥

❖ ❖ ❖

---

1. जला कर 2. अलोना, फीका 3. श्रृंगार 4. अच्छा लगता है 5. जा बसे 6. लावण्य सहित 7. पेश

माई मेरे नैनन बान परी री। (टेक[*])

जा दिन नैना स्याम न देखों बिसरत नाहीं घरी री॥

चित बस गई सांवरी सूरत उर तें नांहि टरी री॥

मीरां हरि के हाथ बिकानी सरबस[1] दे निबरी[2]॥ 40॥

❖ ❖ ❖

माई मैं तो गिरधर के रँग राची। (टेक)

मेरे बीच पड़ो मत कोई, बात चहूँ दिस माँची[3]॥

जो मन सार मेरे मन उपज्यो, ज्यों कंचन मणि साँची॥

और सबही हो-हो सिर ऊपर, मैं परगट होय नाँची॥

मुलक निसान[4] बजावां कृष्ण के, जो कोई कहो सोई साँची॥

मीरां के प्रभु गिरधरनागर, मो मति नाहीं काची॥ 41॥

❖ ❖ ❖

---

[*]टेर (ध्रुव) वह पंक्ति है, जिसकी गये पद में आवृत्ति होती है।

1. सर्वस्व 2. निवृत्त हुई, मुक्त हुई 3. मच गई, फैल गई 4. नगाड़ा

माई म्हारी हरिजी न बूझी[1] बात।

पिण्ड माँसूं प्राण पापी निकस क्यूं नहीं जात। (टेक)

पट[2] न खोल्या मुखाँ न बोल्या, साँझ भई परभात।

अबोलणा[3] जुग बीतण लागो, तो काहे की कुसलात[4]॥

सुपन में हरि दीन्हों, मैं न जाण्यूँ हरि जात।

नैना म्हारा उघड़ आया रही मन पछतात॥

रैन अंधेरी बिरह घेरी, तारा गिणत निसि जात।

ले कटारी कंठ चीरूँ, करूँगी अपघात॥

आवण आवण होय रह्यो रे नहिं, आवण की बात।

मीरां व्याकुल बिरहणी रे, बाल ज्यूं बिललात[5]॥ 42॥

❖ ❖ ❖

माई री म्हारे नैणाँ बाण[6] पड़ी री। (टेर)

ज्या दिन नैनां स्याम निहार्‌याँ, बिसर्‌या[7] नाहीं घरी री।

चित्त बस्यो म्हारे साँवरो मोहन, तन मन सुध बिसरी री।

ना छाकाँ[8] रस रूप माधुरी, छाण थक्या डगरी री।

मीरां हरि रे हाथ बिकाणी, जग कुल काँण सरी री॥ 43॥

❖ ❖ ❖

---

1. पूछी 2. द्वार 3. बिना बोले 4. कुशल-क्षेम 5. बिलखना, रोना 6. स्वभाव, आदत 7. भूलना
8. तृप्त होना

मेरे प्रियतम प्यारे राम कूँ, लिख भेजूँ रे पाती। (टेक)
स्याम सनेसो[1] कबहुँ न दीन्हो, जाणि-बूझ गुझबाती[2]।
डगर बुहारूँ, पंथ निहारूँ, जोइ-जोइ अँखियाँ राती[3]।
राति-दिवस मोहि कल न पड़त है, हियो फटत मेरी छाती।
मीरां के प्रभु कब रे मिलोगे, पूरब जनम का साथी॥ 44॥

❖ ❖ ❖

मेरो मन मैं हरि सूं जोर्यो[4], हरि सूं जोर सकल सूं तोर्यो[5]। (टेर)
मेरी प्रीत निरन्तर हरि सूं, ज्यूं खेलत बाजीगर गोर्यो।
जब मैं चली साध के दरसण, तब राणो मारण कूं दौर्यो॥
ज़हर देन की घात[6] बिचारी, निरमल जल में ले विष घोर्यो।
जब चरणोदक सुण्यो सरवणा, राम भरोसे मुख में ढोर्यो॥
नाचन लगी जब घूंघट कैसो, लोकलाज तिणका ज्यूं तोर्यो।
नेकी बदी हूँ सिर पर धारी, मन हस्ती अंकुस दै मोर्यो॥
प्रगट निसान बजाय चली मैं, राणा राव सकल जग जोर्यो।
मीरां सबल धणी के सरणे, कहा भयो भूपति मुख मोर्यो॥ 45॥

❖ ❖ ❖

---

1. संदेश 2. छिपाव, रहस्य (गुह्य वार्ता) 3. लाल 4. जोड़ा 5. तोड़ा 6. धोखा, षड्यंत्र

मैं जांण्यो नाहीं प्रभु को मिलण कैसे होई री। (टेक)
आये मेरे सजना फिरि गये अंगना, मैं अभागण रही सोइ री ॥
फारूंगी चीर करूं गल-कंथा[1], रहूंगी वैरागण होई री ॥
चुरिया फोरूं, मांग बखेरूं, कजरा मैं डारूं धोइ री ॥
निस बासर मोहि विरह सतावै, कल न परत पल मोइ री ॥
मीरां के प्रभु हरि अविनासी, मिलि बिछुरो मति कोइ री ॥ 46 ॥

❖ ❖ ❖

मैं तेरै रंग राती गुसंइयां, मैं तेरे रंग राती। (टेक)
औरां के पिया परदेस बसत हैं, लिख लिख भेजै पाती।
मेरा पिया मेरै निकट बसत है, मैं कह न सकूं सरमाती ॥
सुवा सुवा[2] चोला पहर सखि मैं, झरमट[3] खेलन जाती।
खेलत खेलत मिले सांवरे, खोल मिली हिय गाती ॥
मदवा पी पी सब मदमाती, मैं बिन पीयाँ मदमाती।
प्रेम भटी[4] का मैं रस चाख्या, (मैं) छकी रहूं दिन राती ॥
वह दूल्हौ मोहि ब्याहन आवै, आप कृष्ण ब्रजवासी।
मीरां के गिरधर मन मान्यों, मैं स्यामसुंदर की दासी ॥ 47 ॥

❖ ❖ ❖

---

1. पुराने चिथड़ों से जोड़कर बनाया हुआ वस्त्र जिसे संन्यासी पहनते हैं 2. श्रेष्ठ, उत्तम
3. बालिकाओं द्वारा नृत्य के रूप में खेला जाने वाला एक खेल 4. भट्टी

मैं बिरहिन बैठी जागूं, जगत सब सोवै री आली[1]। (टेक)

बिरहिन बैठी रंग महल में, मोतियन की लड़[2] पोवै॥

इक विरहिन हम ऐसी देखी, असुंवन की माला पोवै॥

तारा गिन गिन रैन बिहानी[3], सुख की घड़ी कब आवै॥

मीरां के प्रभु गिरधरनागर, मिल के बिछुड़ न जावै॥ 48॥

❖ ❖ ❖

मैं हरि बिन क्यों जीऊँ री माय। टेक

पिय कारण बौरी भई, जस काठहि गुन खाय।

औषध मूल न संचरे, मोहि लागो बोराय॥

कमठ[4] दादुर बसत जल महँ, जल हिं ते उपजाय।

मीन जल के बीछुरे तन, तरफि के मर जाय॥

पिय ढूंढ़न बन बन गई, कहुँ मुरली धुन पाय॥

मीरां के प्रभु लाल गिरधर, मिलि गये सुखदाय॥ 49॥

❖ ❖ ❖

---

1. सखी 2. माला 3. व्यतीत हुई 4. कछुआ

म्हारा ओलगिया[1] घर आया जी। (टेक)

तन की ताप मिटो सुख पायो, हिल-मिल मंगल गाया जी॥

घन की धुनि सुनि मोर मगन भया, यूँ मेरे आणद आया जी॥

मगन भई मिलि प्रभु अपणा सूं, भौ[2] का दरद मिटाया जी॥

चंद कूँ देखि कमोदणि फूलै, हरखि भया मेरी कायाजी॥

रग रग सीतल भई मेरी सजनी, हरि मेरे महल सिधाया[3] जी॥

सब भगतन का कारज कीन्हा, सोई प्रभु मैं पाया जी॥

मीरां बिरहिण सीतल होई, दुख दुन्द न्हसाया[4] जी॥ 50॥

❖ ❖ ❖

म्हारी सुध ज्यूँ जानो ज्यूँ लीजो जी। (टेक)

पल पल भीतर पंथ निहारूँ, दरसण म्हाँने दीजो जी॥

मैं तो हूँ बहु औगुणहारी[5], औगण चित्त मत दीजो जी॥

मैं तो दासी थारे[6] चरण-जनाँ की, मिल बिछुरन मत कीजो जी॥

मीरां तो सतगुरु के सरणे, हरिचरणाँ चित दीजो जी॥ 51॥

❖ ❖ ❖

---

1. चिर प्रतीक्षित, प्रवासी 2. भव, संसार 3. पधारे 4. नष्ट हुए 5. अवगुणोंवाली 6. तुम्हारे

म्हारे घर आज्यो जी, प्रीतम प्यारा। तुम बिन सब जग खारा।
मो निगुण में गुण नहिं एको, थे ही बकसण[1] हारा।
तन मन धन न्यौछावर करस्याँ, भजन कराँ म्हे थारा।
मीरां को प्रभु कबरे मिलोगे, तुम बिन प्राण दुखारा॥ 52 ॥

❖ ❖ ❖

रमइया बिन रह्योइ न जाय।
खान पान मोहि फीको[2]-सो लागे, नैणा रहे मुरझाय।
बार बार मैं अरज[3] करूँ छूँ, रैन[4] गई दिन जाय।
मीरां कहै हरि तुम मिलियाँ बिन, तरस-तरस तन जाय॥ 53 ॥

❖ ❖ ❖

---

1. देने वाले 2. स्वादहीन 3. निवेदन 4. रात्रि

रमैया मैं तो थारे रंग राती। (टेक)

अउराँ[1] के पिय परदेस बसत हैं, लिख लिख भेजें पाती।

मेरे पिया मेरे हिये बसत हैं, गुंज करूँ दिन राती॥

चूबा[2] चोला पहिर सखी री, मैं झुरमुट[3] रमबा जाती।

झुरमुट में मोहि मोहन मिलिया, खेल मिलूँ गलबाँही॥

अउर सखी मद पी पी माती, मैं बिन पियाँ मदमाती।

प्रेम भटी को मैं मद पियो, छकी फिरूं दिन राती॥

सुरत निरत का दिवला सँजोया, मनसा पूरन बाती।

अगम-घानि का तेल सिंचाया, बल रही दिन राती॥

दासी मीरां के प्रभु गिरधर, हरि चरणाँ की दासी॥ 54॥

❖ ❖ ❖

राम मिलण के काज सखी, मेरे आरति[4] उर जागी री। (टेक)

तलफत तलफत कल न परत है, विरह वाण उर लागी री।

निस दिन पंथ निहारूं पीव को, पलक न पल भरि लागी री॥

पीव पीव मैं रटूं रात दिन, दूजी सुधि बुधि भागी री।

विरह-भुवंग[5] मेरो डसो है कलेजो, लहरि हलाहल जागी री॥

मेरी आरति मेटि गुसाँई, आइ मिलौ मोहिं सागी[6] री।

मीरां ब्याकुल अति अकुलाणी, पिया की उमंग अति लागी री॥ 55॥

❖ ❖ ❖

---

1. अन्य के 2. (सूवा) श्रेष्ठ, उत्तम 3. बालिकाओं द्वारा नृत्य के रूप में खेला जाने वाला एक खेल 4. अभिलाषा, इच्छा 5. भुजंग, साँप 6. साथ, संग

री म्हां बैठी जागाँ, जगत सब सोवै।

विरहण बैठी रंगमहल माँ, नैणाँ लड़ियाँ[1] पोवै।

तारा गणताँ रैण बिहावै[2], सुख री घड़ियाँ जोवै।

मीरां रे प्रभु गिरधरनागर, मिल बिछड्याँ ना होवै॥ 56॥

❖ ❖ ❖

लिख भेजूँ री पाती, मेरे प्रीतम प्यारे राम कूँ। (टेक)

स्याम संदेसो कछू न दीनों, जानि बूझि गुझि[3] बाती॥

डगर बुहारूँ पंथ सुधारूँ, जोइ जोइ[4] अँखियाँ राती॥

रात घ्वोस मोहि कल न परत है, हियो फटत मेरी छाती॥

मीरां के प्रभु कब रे मिलोगे, पूरब जनम के साथी॥ 57॥

❖ ❖ ❖

---

1. माला 2. व्यतीत करती है 3. गुप्त 4. देख-देखकर

श्याम मोरी बाँहड़ली[1] जी गहो। (टेक)
या भवसागर मंझधार[2] में, थें ही निभावण हो।
म्हाँ में ओगुण घणाँ[3] छै हो, थें ही सहो तो सहो॥
मीरां के प्रभु हरि अविनाशी, लाज बिरद[4] की बहो॥ 58॥

❖ ❖ ❖

सखी मेरो कानूड़ौ कलेजे-कोर[5]। (टेक)
मोर मुकुट पीताम्बर सोहै, कुंडल की झकझोर॥
बृन्दाबन की कुंजगलिन में, नाचत नन्दकिशोर॥
मीरां के प्रभु गिरधरनागर, चरण कँवल चितचोर[6]॥ 59॥

❖ ❖ ❖

---

1. बाँह 2. धारा के बीच में 3. बहुत 4. यश 5. कलेजे का टुकड़ा 6. हृदय चुराने वाला

सखी री में तो गिरधर के रंग राती। (टेक)
पचरँग मेरा चोला रँगा दे, मैं झुरमुट[1] खेलन जाती॥
झुरमुट में मेरा साँई मिलेगा, घोल अडंबर पाती॥
चंदा जायगा, सूरज जायगा, जायगा धरण अकासी॥
पवन पानी दोनों ही जायँगे, अटल रहे अविनासी॥
सुरत निरत का दिवला साँजो ले, मनसा की करि बाती॥
प्रेम हरी का तेल बना ले, जगा करे दिन राती॥
जिनके पिय परदेस बसत हैं, लिखि लिखि भेजें पाती॥
मेरे पिया मो माहिं बसत हैं, कहूं न आती जाती॥
पीहर बसूं न बसूं सास घर, सतगुरु शब्द सँगाती[2]॥
ना घर मेरा ना घर तेरा, मीरां हरि रंग राती॥ 60॥

❖ ❖ ❖

---

1. बालिकाओं द्वारा नृत्य के रूप में खेला जाने वाला एक खेल 2. साथी

सखी री मेरी नींद नसानी[1] हो। (टेक)

पिया को पंथ निहारतें, सब रैन बिहानी हो॥

सखियन मिल के सीख दई, मन एक न मानी हो॥

बिन देखै कल ना पड़ै, जिय ऐसी ठानी हो॥

अंग क्षीण ब्याकुल भई, मुख पिय वानी हो॥

अंतर वेदन विरह की, वह पीय न जानी हो॥

ज्यों चातक घन को रटै, महरा[2] जिमि पानी हो॥

मीरां ब्याकुल विरहिनी, सुध बुध बिसरानी हो॥ 61 ॥

❖ ❖ ❖

हरि तुम काहे को प्रीत लगाई।

प्रीत लगाय परम दु:ख दीना॥ कैसी लाज न आई।

गोकुल छोड़ के मथुरा पधारे। यामें[3] कौन बड़ाई।

मीरां के प्रभु गिरधरनागर। तुमका नन्द दुहाई[4] ॥ 62 ॥

❖ ❖ ❖

---

1. नष्ट हो गई, खत्म हो गई 2. पानी भरने व डोली उठाने का कार्य करने वाली एक जाति विशेष, कहार 3. इसमें 4. शपथ, सौगन्ध

हरि बिन कूण[1] गती मेरी। (टेक)

तुम मेरे प्रतिपाल कहिये, मैं रावरी चेरी॥

आदि अंत निज नाँव तेरो, हीया[2] में फेरी[3]।

बेरि बेरि पुकार कहूँ प्रभु आरति है तेरी॥

यौ संसार विकार सागर, बीच में घेरी।

नाव फाटी प्रभु पाल बाँधो, बूड़त है बेरी॥

बिरहणि पिवकी बाट जोवै राखल्यौ नेरी[4]।

दासि मीरां राम रटत है मैं सरणि हूँ तेरी॥ 63॥

❖ ❖ ❖

हरि बिनु क्यों जीउँ री माय। (टेक)

हरि कारण बौरी[5] भई, जस काठ हि घुन खाय॥

औषध मूल न संचरै, मोहिं लागो बौराय॥

कमठ[6] दादुर बसत जल महँ, जल हि ते उपजाय॥

हरि ढूंढन गई बन बन, कहूँ मुरलि धुन पाय॥

मीरां के प्रभु लाल गिरधर, मिलि गये सुखदाय॥ 64॥

❖ ❖ ❖

---

1. कौन 2. हृदय 3. स्मरण करती हूँ 4. निकट, पास 5. पागल 6. कच्छप, कछुआ

हरि मेरे जीवन प्राण-आधार। (टेक)
और आसिरो[1] नाहिन तुम बिन, तीनूं लोक मँझार॥
आप बिना मोहि कुछ न सुहावै, निरख्यौ सब संसार॥
मीरां कहै मैं दासी रावरी, दीज्यौ मती बिसार[2]॥ 65॥

❖ ❖ ❖

हेली म्हाँसूं हरि बिन रह्यो न जाय। (टेक)
सासु लड़े मोरी ननद खिजावै, राणा रह्यो रिसाय।
पहरो भी राख्यो चोकी बिठाइयो, ताला दियो जुड़ाय[3]॥
पूर्बजन्म की प्रीति पुरानी, सो क्यों छोड़ी जाय॥
मीरां के प्रभु गिरधरनागर, और न आवै म्हारी दाय॥ 66॥

❖ ❖ ❖

---

1. आश्रय, सहारा 2. विस्मरण, भूल जाना 3. जड़ दिया

भक्ति

अपणा[1] गिरधर के कारणै, (वा) मीरां वैरागण हो गई (रे) (टेर)

जबतै सिर पर जटा रखाई, नैनां नींद गई (रे)॥

दंड कमंडल और गूदड़ी[2], सिर पर धार लई[3] (रे)॥

छापा तिलक बनाये छवि सो, माला हात[4] रही (रे)॥

दोउ कुल छाँड़[5] भई वैरागण, हरि सों (टेर)[6] दई (रे)॥

मीरां के प्रभु गिरधरनागर, गोविन्द सरण भई (रे)॥ 1॥

❖ ❖ ❖

अब तो निभायां[7] बनेगी बाँह गहे की लाज। (टेर)

समरथ सरण तुम्हारी सांइयाँ सरब[8] सुधारण काज॥

भवसागर संसार अपरबल[9] जामें[10] तुम्ही जहाज॥

निरधाराँ[11] आधार[12] जगत गुरु तुम बिन होय अकाज॥

जुग जुग भीर करी भक्तन की दीनी मोक्ष समाज॥

मीरां सरण गही चरणन की लाज रखो महाराज॥ 2॥

❖ ❖ ❖

---

1. अपना 2. रूई या कपड़े भर कर बनाया हुआ बिछौना 3. धारण कर ली 4. हाथ 5. छोड़कर 6. आवाज़ देना 7. निभाना, निर्वाह करना 8. सब 9. आर-पार न हो 10. जिसमें 11. निराधार, जिसका कोई आश्रय नहीं है 12. आश्रय

अब तो मेरा राम नाम, दूसरा न कोई। (टेर)

माता छोड़ी पिता छोड़े, छोड़े सगा भाई।

साधु संग बैठ-बैठ, लोकलाज खोई॥

संत देखा दौड़ आई, जगत देखा रोई।

प्रेम आँसु डार-डार, अमर बेल बोई॥

मारग[1] में तारग[2] मिले, संत राम दोई।

संत सदा शीश राखूं, राम हृदय होई॥

अंत में से तंत[3] काढ़ी[4], पीछे रही सोई।

राणे भेज्या विष का प्याला, पीवत मस्त होई॥

अब तो बात फैल गई, जाणे सब कोई।

दास मीरां लाल गिरधर, होनी हो सो होई॥ ३॥

❖ ❖ ❖

आली[5] मोहि लागत बृन्दाबन नीको[6]। (टेर)

घर घर तुलसी ठाकुर पूजा, दर्शन गोविंदजी को॥

निर्मल नीर बहत यमुना को, भोजन दूध दही को॥

रत्न-सिंहासन आप बिराजे, मुकुट धर्‌यो तुलसी को॥

कुंजन कुंजन फिरत राधिके, शब्द सुनत[7] मुरली को॥

मीरां के प्रभु गिरधरनागर, भजन बिना नर फीको॥ ४॥

❖ ❖ ❖

---

1. मार्ग 2. वह जो पार उतारे, तारने वाला 3. तत्त्व 4. निकाला 5. हे सखि 6. अच्छा, सुहावना
7. सुनती हुई

उड़ जा रे काग बन का, मेरा स्याम गया बोहो[1] दिन का रे॥ (टेर)
तेरै उड़याँ सूँ राम मिलैगा, धोखा भागै मन का रे॥
इत गोकुल उत मथुरा नगरी, हरि हैं गाढ़े[2] दिल का रे॥
आप तो जाय द्वारिका छाये, हम बासी मधुबन का रे॥
मीरां के प्रभु हरि अबिनासी, चरणकँवल हरिजन का रे॥ 5॥

❖ ❖ ❖

ओ जी महाराज, छोड़ मत जाजो[3],
मैं अबला बल नांही गुसांई, तुमही मेरे सिरताज। (टेर)
मैं गुनहीन गुन नांही गुसांई, तुम समरथ महाराज॥
रावलि[4] होईकै किनरै[5] जाऊं, तुम हो हिवड़ा[6] रो साज॥
मीरां के प्रभु और न कोई, राखै अब को लाज॥ 6॥

❖ ❖ ❖

---

1. बहुत 2. कड़े 3. जाना 4. आपकी 5. कहाँ, किधर 6. हृदय

ओलूं[1] थारी आवै हो महाराजा अबिनासी

हे म्हांनै कब दरस दिखासी। (टेर)

बिरह बियोगन बन बन डोलूं, करवत ल्यूंगी कासी॥

निस दिन ऊभी[2] पंथ निहारूं, कब मोहि धीर बंधासी[3]॥

कृपा करौ म्हारै भवन पधारौ, नहिं यो जिवड़ो[4] जासी॥

मैं मंदभागण[5] काहे को सरजी, पिया मोसूं रहत उदासी॥

तुम हो हमारे अंतरजामी, मैं (थारा) चरणां री दासी॥

मीरां तो कुछ जाणत नाहीं, पकड़ी टेक निभासी॥   7॥

❖ ❖ ❖

करनां फ़कीरी क्या दिलगीरी[6], सदा मगन मन रहना रे॥ (टेर)

कोई दिन बाड़ी[7] तो कोई दिन बँगला, कोई दिन जंगल में रहना रे॥

कोई दिन हाथी कोई दिन घोड़ा, कोई दिन पांवों से चलना रे॥

कोई दिन गादी[8] कोई दिन तकिया, कोई दिन भोय[9] में पड़ना रे॥

कोई दिन खाना तो कोई दिन पीनां, कोई दिन भूखे ही मरना रे॥

कोई दिन पहनाँ तो कोई दिन ओढ़ा, कोई दिन चिथरा[10] पथरना[11] रे॥

मीरां कहै प्रभु गिरधरनागर, ऐसा कूंता[12] करना रे॥   8॥

❖ ❖ ❖

---

1. याद, स्मृति 2. खड़ी हुई 3. बँधायेंगे 4. जीवात्मा, आत्मा 5. मंदभाग्य, हतभाग्य 6. रंज,
दु:ख 7. बगीचा, बाग 8. छोटा गद्दा 9. भूमि 10. चिथड़ा, फटा हुआ वस्त्र 11. फैलाना, बिछाना
12. अनुमान, अंदाज़

कर्म की गत न्यारी, संतो ! कर्म की गत न्यारी। (टेर)
बड़े बड़े नैन दिये निरखण[1] को, बन बन फिरत उघारी[2] रे॥
उज्ज्वल बरन दीनी बगलन[3] कूं, कोयल कर दीनी कारी रे॥
और नदियन जल निर्मल कीनो, समुंदर कर दीनी खारी[4] रे॥
मूरख को उत्तम राज दियत हो, पंडित फिरत भिखारी रे॥
मीरां के प्रभु गिरधरनागर, राणोजी तो कौन बिचारी रे॥ ९॥

❖ ❖ ❖

कहज्यो म्हारा रमइया नै, आज्यो म्हारै देस। (टेर)
थारे कारण बन बन डोलूँ, कर जोगण को भेस॥
बिन साबू[5] बिन पाणियाँ रे, ऊजल[6] कर गयौ केस॥
थारे कारण सब रंग त्यागूँ, जटा बधाऊँ (सिर) केस॥
सुणत अवाज हरष भयौ जिवड़ौ, कर आयो नटवर-भेस॥
मीरां के प्रभु हरि अबिनासी, मिटगो[7] मन को कलेस॥ 10॥

❖ ❖ ❖

---

1. देखने 2. खुले हुए 3. बगुलों 4. नमकीन 5. साबुन 6. उज्ज्वल 7. मिट गया, समाप्त हो गया

गली तो चारों बंद हुईं, मैं हरि से मिलूं कैसे जाय। (टेर)
ऊँची नीची राह रपटणी[1], पाँव नहीं ठहराय।
सोच सोच पग धरूँ जतन से, बार बार डिग जाय॥
ऊँचा नीचा महल पिया का, हमसे चढ्या न जाय।
पिया दूर पंथ म्हारा झीणाँ[2], सुरत झकोला खाय॥
कोस कोस पर पहरा बैठ्या, पैंड पैंड[3] बटमार[4]।
हे विधना कैसी रच दीन्हीं, दूर बस्यो घरबार॥
जुगन-जुगन[5] से बिछड़ी मीरां, घर लीन्हां मैं पाय।
मीरां के प्रभु गिरधरनागर, सतगुर दिया बताय॥ 11॥

❖ ❖ ❖

गोविन्द कब रे मिले पिय मेरा।
चरण कँवल को हँसि कर देखूँ, राखूँ नैनन नेरा[6]॥
निरखण रो मोहे चाव घणेरो[7], कब मुख देखूं तेरा।
पिया मिलन कूँ हुई हूँ उदासी[8], मिलवू मिंत[9] सवेरा॥
व्याकुल तातें भई तनु देही, सिर पर जम का घेरा।
मीरां के प्रभु गिरधरनागर, तापत[10] तन बहुतेरा॥ 12॥

❖ ❖ ❖

---

1. रपटीली, फिसलन भरी 2. महीन, बारीक 3. रास्ता, मार्ग 4. लुटेरे, डाकू 5. युग-युग
6. निकट, पास 7. बहुत 8. उदासीन, खिन्न चित्त 9. मित्र, प्रिय 10. तपता है

चलो अगम के देश काल देखत डर॥
(जहाँ) भरा प्रेम का हौज हंस केलाँ करे॥ (टेर)
ओढ़न लज्जा चीर धीरज को घाघरो[1]।
छिमता[2] काँकण[3] हात सुमत[4] को मूँदरो[5]॥
काँचों है विस्वास चूड़ो[6] चित ऊजलो।
दिल दुलड़ी[7] दरियाव[8] साँच को दोवड़ो[9]॥
दाँता अमृत मेख[10] दया को बोलणों।
उबटन गुरु को ज्ञान ध्यान को धोवणों[11]॥
कान अखोटा[12] ज्ञान जुगत[13] को झूटणों[14]।
बेसर[15] हरि को नाम काजल है धरम को॥
जेहरि[16] सील संतोष निरत[17] को घूँघरो।
बिंदली[18] गज और हार तिलक[19] गुरु ज्ञान को॥
सज सोलह सिंगार पहिरि सोने राखड़ी[20]।
साँवलिया सूँ प्रीत औरों[21] से आखड़ी[22]॥
पतिबरता की सेज प्रभुजी पधारिया।
गावे मीरां बाई दासी कर राखिया॥ 13॥

❖ ❖ ❖

---

1. लहँगा 2. क्षमता, दम 3. कंगन 4. सुमति, बुद्धि 5. अँगूठी 6. चूड़ा, हाथी दाँत की चूड़ियाँ 7. दो लड़ी की माला 8. नदी 9. वह वस्त्र जो एक के ऊपर दूसरा सी कर तैयार किया गया हो, दो तह वाला वस्त्र 10. किसी स्त्री या पुरुष के मुँह में सामने वाले दाँतों में जड़ी जाने वाली सोने की कील, चूंप 11. सफ़ाई 12. कान का आभूषण 13. युक्ति 14. स्त्रियों के कान का आभूषण 15. नथ, नाक का गहना 16. पैरों का आभूषण 17. लीन 18. बिंदी 19. माथे पर पहनने का स्त्रियों का एक आभूषण 20. माथे पर पहनने का स्त्रियों का एक आभूषण 21. अन्य, दूसरे 22. प्रण, प्रतिज्ञा

चलाँ वाही देस प्रीतम पावाँ, चलाँ वाही देस। (टेर)
कहो तो कसूँबी[1] सारी रँगावां, कहो तो भगवाँ भेस॥
कहो तो मोतियन माँग भरावाँ, कहो तो छिटकावाँ केस॥
मीरां के प्रभु गिरधरनागर, सुनियो विरद[2] के नरेस॥ 14॥

❖ ❖ ❖

जोगी आ जा आ जा, जोगी पाँइ परूँ मैं हौं चेरी तेरी। (टेर)
प्रेम-भक्ति को पैंडो[3] न्यारो, हमकूँ गैल[4] बता जा॥
अगर चंदन की चिता बनाऊँ, अपने हाथ जला जा॥
जल बल भई भस्म की ढेरी, अपने अंग लगा जा॥
मीरां के प्रभु गिरधरनागर, ज्योति में ज्योति मिला जा॥ 15॥

❖ ❖ ❖

---

1. कुसुम के समान लाल 2. यश, कीर्ति 3. मार्ग, रास्ता 4. मार्ग, रास्ता

जोगिया छाइ रह्या परदेस। (टेर)

जब का बिछड्या फेर न मिलिया, बहोरि न दियो संदेस॥

या तन ऊपर भसम रमाऊँ, खार[1] करूँ सिर केस॥

भगवाँ भेष धरूं तुम कारण, ढूँढूँ चारूं देस॥

मीरां के प्रभु गिरधरनागर, जीवनि जनम अनेस[2]॥ 16॥

❖ ❖ ❖

जोगियाजी आवो ने या देस।

नैनज देखूँ नाथ मेरो, ध्याइ करूँ आदेस। (टेर)

आया साँवण मास सजनी, भरे जल थल ताल।

रावल कुण बिलमाइ राख्यो, बिरहनि है बेहाल॥

बिछड़ियाँ कोई भौ भयो (रे जोगी) ऐ दिन अहला[3] जाइ।

एक बेरी देहु फेरी, नगर हमारे आइ॥

वा मूरत मेरे मन बसे (रे जोगी) छिन भी रह्यौ न जाइ।

मीरां के प्रभु हरि अविनाशी, दरसन द्यौ हरि आइ॥ 17॥

❖ ❖ ❖

---

1. राख 2. स्नेह रहित 3. व्यर्थ, बेकार

जोगिया तें जुगत[1] न जाणी हो॥

मैं तो आसिक[2] तेरड़ी[3] तोने दया न आणी हो॥

तूँ भी स्वारथ को सगो परदुःख न जाणी हो॥

तो मो बीच बिछोह भी कोई दाणा-पाणी[4] हो॥

तुम बिन कल मोइ ना पड़े मच्छी बिन पाणी हो॥

तुम बिन मैं कैसे जियूँ रैन तलफ बिहानी हो॥

जा दिन ते तुम बिछड़े मेरे भई हानी हो॥

तो कारण बन बन फिरूँ होय प्रेम दीवाणी हो॥

खान पान की सूध नहीं काया कुम्हलाणी हो॥

अब तो बाकी ना रही पिंड[5] त्यागे प्राणी हो॥

पतित पावन तो बिड़द[6] है (याही) वेद बखानी हो॥

मीरां कूं द्यौ दरस प्रभुजी अब सुखदानी हो॥ 18॥

❖ ❖ ❖

---

1. युक्ति 2. आशिक 3. तेरी 4. अन्न-जल 5. शरीर 6. विरुद, यश

जोगिया रे तू कबहूँ मिलोगे मोकूँ[1] आय।
तेरे कारण जोग लियो है, घर घर अलख जगाय।
दिवस न भूख रैण[2] नहि निद्रा, तुज बिन कछु न सुहाय।
मीरां के प्रभु हरि अविनासी, मिल कर तपत बुझाय॥ 19॥

❖ ❖ ❖

जोगी मतजा मतजा मतजा पाँव परू मैं तेरी।
प्रेम भक्ति को पेंडो[3] हि न्यारो[4], हमकूँ गैल बता जा।
अगर[5] चंदन की चिता रचाऊँ, अपने हाथ जला जा।
जल बल भई भस्म की ढेरी, अपने अंग लगा जा।
मीरां कहे प्रभु गिरिधरनागर, जोत में जोत मिला जा॥ 20॥

❖ ❖ ❖

---

1. मुझसे 2. रात्रि 3. रास्ता 4. भिन्न, अलग, जुदा 5. एक सुगन्धित वस्तु

झकौलो[1] लाग्यो जी रंग गिरधर को आन। (टेर)

गिरधर गिरधर काईं करो, कोई गिरधर स्याम सुजाण।

मीरां तो चंदा भई कोई, गिरधर ऊग्यो[2] भान[3]॥

ऊदाँ थे तो बावली कोई, नहचैं[4] कर ल्यौ ध्यान॥

आपाँ दोन्यूं मिल भजाँ कोई, ज्यों गोप्यां बिच कान॥

मीरां नै गिरधर मिल्या जी, भगताँ रो राख्यो मान॥ 21॥

❖ ❖ ❖

झूठो वर कुंण परणायो हे माँ॥

परणू तो मेरो मरम जाय कूड़ो[5] वर कुंण परणायो हे माँ॥

लख चौरासी रो चूड़लो में पैर्यो वारंवार॥

ओ तो वर देही को संगाती[6] मो वर सिरजणहार॥

जामण मरण वरया वर केता विखराता नर नार॥

मेरो मन लागो बाल मुकुँद सूँ वर पायो किरतार॥

सात बरस री मैं श्रीरंग सेविया जद पायो सुख सुहाग॥

मीरां नै (प्रभु) गिरधर मिल्या भव-भा रा भरतार[7]॥ 22॥

❖ ❖ ❖

---

1. जल की तरंग या हिलोर 2. उदित हुआ 3. भानु, सूर्य 4. निश्चय 5. झूठा, मिथ्या 6. साथी
7. पति

नहिं ऐसो जन्म बारम्बार। (टेर)

क्या जानूं कछु पुण्य प्रगटे, मानुषा अवतार।

बढ़त पल पल घटत छिन छिन, चलत न लागे बार।

बिरछ के ज्यों पात टूटे, लगे नहिं पुनि डार॥

भवसागर अति जोर कहिये, विषम औखी[1] धार।

सुरत का नर बाँध बेड़ा, बेग उतारो पार॥

साधु सन्ता ते गहन्ता, चलत करत पुकार।

दासी मीरां लाल गिरधर, जीवना दिन चार॥ 23॥

❖ ❖ ❖

पायो जी मैं तो राम रतन धन पायो। (टेर)

वस्तु अमोलक[2] दी मेरे सतगुर, किरपा कर अपनायो॥

जनम जनम की पूंजी पाई, जग में सभी खोवायो[3]॥

खरचैं नहिं कोइ चोर न लेवे, दिन दिन बढ़त सवायो॥

सत की नाव खेवटिया सतगुर, भवसागर तर आयो॥

मीरां के प्रभु गिरधरनागर, हरष हरष जस गायो॥ 24॥

❖ ❖ ❖

---

1. विकट, भयंकर, कठिन 2. अमूल्य 3. खो दिया

पिया तेरे नाम लुभाणी[1] हो।

नाम लेत तिरता सुण्यां, जैसे पाहण पाणी हो। टेर
सुकरत कोई ना कियो, बहु करम कुमाणी हो।
गणिका कीर पढ़ावतां, बैकुण्ठ बसाणी हो॥
अरध नाम कुंजर लियो, वाकी अवध घटाणी हो।
गरुड छांड़ि हरि धाइया[2], पशु जूण[3] मिटाणी हो॥
अजामेल से ऊधरे, जम त्रास नसाणी हो।
पुत्र हेतु पदवी दई, जग सारे जाणी हो॥
नाम महातम गुरु दियो, परतीत पिछाणी हो।
मीरां दासी रावली, अपणी कर जाणी हो॥ 25॥

❖ ❖ ❖

प्रभु से मिलना कैसे होय।
पाँच प्रहर धन्धे में बीते, तीन प्रहर रहे है सोय।
मानुष जनम अमोलख[4] पायो सो तैं सबही ढार्यो खोय[5]।
मीरां के प्रभु गिरधर भजीये होनी होय सो होय॥ 26॥

❖ ❖ ❖

---

1. लोभ या लालच में पड़ गई 2. दौड़े 3. योनि 4. अमूल्य, अनमोल 5. खो दिया

बड़े घर ताली लागी[1] रे, म्हारा मन री उणारथ[2] भागी रे॥
छीलरिये[3] म्हारो चित नहीं रे, डाबरिये[4] कुण जाव।
गंगा जमुनाँ सूँ काम नहीं रे, मैं तो जाय मिलूँ दरियाव॥
हाल्याँ-मोल्याँ[5] सूँ काम नहीं रे, सीख नहीं सिरदार।
कामदाराँ[6] सूँ काम नहीं रे, मैं तो जाब[7] करूं दरबार॥
काच कथीर[8] सूं काम नहीं रे, लोहा चढ़े सिर भार।
सोना रूपा सूँ काम नहीं रे, म्हारे हीरां रो बोपार[9]॥
भाग हमारो जागियो रे, भयो समद सूं सीर[10]।
अमृत प्याला छाँड़ि कै, कुण पीवे कड़वो नीर॥
पीपा कूँ प्रभु परच्यौ दीन्हौ, दियो रे खजीना भरपूर।
मीरां के प्रभु गिरधरनागर, धणी मिल्या छै हजूर॥ 27 ॥

❖ ❖ ❖

बसो मेरे नैनन में नंदलाल। (टेर)
मोहनि मूरति साँवरि सूरति, नैना बने विशाल॥
अधर सुधा रस मुरली राजति[11], उर[12] वैजन्ती माल॥
क्षुद्र घंटिका कटितट[13] सोभित, नूपुर शब्द रसाल॥
मीरां के प्रभु संतन सुखदाई, भक्तवछल गोपाल॥ 28 ॥

❖ ❖ ❖

---

1. संबंध हो गया 2. लालसा, कामना 3. छिछली तलैया 4. पानी से भरा हुआ छोटा गड्ढा
5. ज़मींदार के खेत पर काम करने वाले किसान 6. जागीर के प्रबंधक या अधिकारी 7. जवाब
8. रांगा, एक सफ़ेद धातु 9. व्यापार 10. संबंध 11. सुशोभित होती है 12. हृदय 13. कमर

बाल्हा[1] मैं वैरागिण हूँगी हो ।

जीं जीं भेस म्हारो साहिब रीझे, सोई सोई भेस धरूँगी हो । (टेर)

सील संतोष धरूं घट भीतर, समता पकड़ रहूँगी हो ।

जाको नाम निरंजण कहिये, ताको ध्यान धरूँगी हो ॥

गुरु ज्ञान रँगूँ तन कपड़ा, मन मुद्रा पैरूँगी[2] हो ।

प्रेम प्रीत सूँ हरिगुण गाऊँ, चरणन लिपट रहूँगी हो ॥

या मन की मैं करूँ कींगरो[3], रसना नाम रटूँगी हो ।

मीरां के प्रभु गिरधरनागर, साधाँ[4] संग रहूँगी हो ॥ 29 ॥

❖ ❖ ❖

भज मन चरण कँवल अबिनासी । (टेर)

जेताई[5] दीसे धरनि गगन बिच, तेताई[6] सब उठि जासी ।

कहा भयो तीरथ ब्रत कीन्हे, कहा लिये करवत कासी ॥

इस देही का गरब न करना, माटी में मिल जासी ।

यों संसार चहर की बाजी[7], साँझ पड्यां उठि जासी ॥

कहा भयो है भगवा पहर्यां, घर तज भये संन्यासी ।

जोगी होय जुगति[8] नहिं जानी, उलटि जनम फिर आसी ॥

अरज करौं अबला कर जोरे, स्याम तुम्हारी दासी ।

मीरां के प्रभु गिरधरनागर, काटो जम की फांसी ॥ 30 ॥

❖ ❖ ❖

---

1. प्रिय, मनोहर 2. पहनूँगी 3. तांत का एक वाद्य यंत्र 4. साधुओं 5. जितने भी 6. उतने ही
7. चिड़ियों का खेल 8. युक्ति

भज ले रे मन गोपाल गुना[1]।

अधम तरे अधिकार भजन सूँ, जोइ आये हरि सरना।

अबिसवास तो साखि[2] बताऊँ, अजामील गणिका सदना॥

जो कृपाल तन मन धन दीन्हों, नैन नासिका मुख रसना।

जाको रचत मास दस लागे, ताहि न सुमरो एक छिना[3]॥

बालापन सब खेल गमायो, तरुण भयो जब रूप घना।

बृद्ध भयो जब आलस उपज्यो, माया मोह भयो मगना॥

गज अरू गीधहु तरे भजन सूँ, कोउ तर्‌यो नहिं भजन बिना।

धना भगत पीपा मुनि सिवरीं, मीरां की हू करो गणना॥ 31॥

❖ ❖ ❖

मन रे परसि हरि के चरण। टेक

सुभग सीतल कँवल कोमल, त्रिबिध ज्वाला हरण।

जिण चरण प्रह्लाद परसे, इन्द्र पदवी धरण।

जिण चरण ध्रुव अटल कीन्हें, राख अपनी सरण।

जिण चरण ब्रह्मांड भेट्‌यो, नख सिखाँ[4] सिरी धरण[5]।

जिण चरण प्रभु परसि लीने, तरी गौतम धरण।

जिण चरण काली नाग नाथ्यो, गोप लीला करण।

जिण चरण गोबरधन धार्‌यो, गर्व मघवा[6] हरण।

दासि मीरां लाल गिरधर, अगम तारण तरण॥ 32॥

❖ ❖ ❖

---

1. गुण 2. साक्ष्य, प्रमाण 3. क्षण 4. शिखा, चोटी 5. स्त्री 6. इंद्र

माई मैं तो लियो साँवरियो मोल। टेक

कोई कहै सोंघो[1] कोई कहै महँगौ, (मैं तो) लियो है हीरा सूं तोल॥

कोई कहै हलको कोई कहै भारी, (मैं तो) लियो री ताखड़ियाँ[2] तोल॥

कोई कहै छाने[3] कोई कहै चोड़े[4], (मैं तो) लियो री बाजताँ ढोल॥

कोई कहे घटतो कोई कहै बढ़तो, (मैं तो) लियो है बराबर तोल॥

कोई कहे कालो कोई कहै गोरो, (मैं तो) देख्यो है घूघँट पट खोल॥

मीरां कहै प्रभु गिरधरनागर, (म्हारे) पूरब जनम रो कोल[5]॥ 33॥

❖ ❖ ❖

माई म्हाँ गोबिंद गुण गास्याँ। (टेक)

चरणाम्रत रो नेम सकारे, नित उठ दरसण जास्याँ।

हरि मन्दिर माँ निरत करास्याँ, घुमरियाँ[6] घमकास्याँ।

स्याम नाम रो जाज[7] चलास्याँ, भौसागर तर जास्याँ।

यो संसार बीड़[8] रौ काँटो, गैल प्रीत अटकास्याँ।

मीरां रे प्रभु गिरधरनागर, गुण गावाँ सुख पास्याँ॥ 34॥

❖ ❖ ❖

---

1. सस्ता 2. तराजू 3. चुपके, छिपाकर 4. सब के सामने 5. प्रण, प्रतिज्ञा 6. घूमर, नृत्य विशेष
7. जहाज़ 8. जंगल या घास का सुरक्षित मैदान

माई म्हांने सुपना में परणी गोपाल। (टेर)

गैली[1] ये मीरां भई बावरी सुपनूं छै आल-जंजाल[2]॥

जो तूंने सुपना में गिरधर मिलिया तो कछुक सैनाण[3] बताय॥

हल्दी तो पीठी म्हारे अंग लिपटाई मेहँदीसूं राच्या म्हारा हाथ॥

छपन कोड़ जादू जान पधार्या दूल्हो श्रीनन्दकँवार॥

सेवरियो   सिरपेच   कलंगी   सोरठड़ी   तरवार॥

मीरां   के   प्रभु   गिरधरनागर   पूरबले[4]   भरतार[5]॥ 35 ॥

❖ ❖ ❖

मीरां मन मानी सुरत[6] सैल[7] असमानी[8]। (टेक)

जब जब सुरत लगे वा घर की, पल पल नैनन पानी॥

ज्यों हिये पीर तीर सम लागत, कसक कसक कसकानी॥

रात दिवस मोहि नींद न आवत, भावे अन्न न पानी॥

ऐसी पीर बिरह तन भींतर, जागत रैन बिहानी[9]॥

ऐसा बैद मिलै कोई भेदी, देस बिदेस पिछानी॥

तासों पीर कहूँ तन केरी, फिर नहिं भरमो खानी॥

खोजत फिरूं भेद वा घर को, कोई न करत बखानी॥

रैदास सन्त मिले मोहि सतगुरु, दीन्हीं सुरत सहदानी॥

मैं मिली जाय पाय पिय अपना, तब मोरी पीर बुझानी॥

मीरां खाक खलक[10] सिर डारी, मैं अपना घर जानी॥ 36 ॥

❖ ❖ ❖

---

1. पागल 2. झूठा माया मोह 3. निशान, चिह्न 4. पूर्व जन्म के 5. पति 6. ध्यान, लगन 7. घूमने-फिरने की क्रिया 8. शून्य; 9. व्यतीत हो गई, बीत गई 10. दुनिया, जगत्

मेरा बेड़ा लगाय दीजो पार, प्रभुजी अरज करूँ छूँ। (टेक)
या भव में मैं बहु दुःख पायो, संसा सोग गिमार[1]॥
अष्ट करम की तलब लगी है, दूर करो दुख पार॥
यो संसार सब बह्यो जात है, लख चौरासी धार॥
मीरां के प्रभु गिरधरनागर, आवागवन निवार॥ 37॥

❖ ❖ ❖

मेरा मन कों वैरागी कर गयो रे। (टेक)
हाथ लकुटिया कांधे कमलिया, जमुना पार उतर गयो रे॥
बारा बरस से सेवा कीन्हीं, रमती बिरयाँ रम गयो रे॥
सुण सुण हे मेरी पाड़ पड़ोसन, जलती में पूलो[2] दे गयो रे॥
मीरां के प्रभु हरि अविनासी, धूकती धूनी धर गयो रे॥ 38॥

❖ ❖ ❖

---

1. गँवार 2. घास का छोटा गट्ठर

मेरे तौ गिरधरगोपाल दूसरा न कोई। (टेक)

जाके सिर पर मोर मुकुट मेरे पति वोई।

शंख चक्र गदा पद्म कंठ माला सोई॥

आई मैं भक्त जान जगत देख मोई।

अँसुवन जल सींच प्रेम बेल बोई॥

भाई छोड़े बंधु छोड़े छोड़े सगा सोई।

संतन सँग बैठ बैठ लोक लाज खोई॥

प्रेम की मथनिया कर जुगत सों बिलोई।

दधि मथ घृत काढ़ लियो छाछ रही छोई[1]॥

अब तो बात फैल गई जानत सब कोई।

मीरां हरि लगन लगी होनी हो सो होई॥ 39॥

❖ ❖ ❖

मेरो मन राम-हि-राम रटे रे। (टेक)

राम-नाम जप लीजै प्राणी, कोटिक पाप कटै रे॥

जनम-जनम के खत जु पुराने, नामहि लेत फटे रे॥

कनक-कटोरै[2] इमरत भरियो, पीवत कूण नटै[3] रे॥

मीरां के प्रभु हरि अविनासी तन-मन ताहि[4] पटै[5] रे ॥ 40॥

❖ ❖ ❖

---

1. छाछ, मट्ठा 2. सोने के कटोरे में 3. मना करता है 4. उसके 5. भरे हुए

मेरो मन लाग्यो हरिजी सूं, अब न रहूँगी अटकी। (टेक)
गुरु मिलिया रैदासजी, दीन्हीं ज्ञान की गुटकी।
चोट लगी निज नाम हरी की, म्हारे हिवड़े खटकी॥
माणक मोती परत न पहिरूँ, मैं कब की ही नटकी[1]।
गेणो[2] तो म्हारे माला दोवड़ी[3], और चन्दन की कुटकी[4]॥
राजकुल की लाज गमाई, साधां के संग मैं भटकी।
नित उठ हरिजी के मंदर जास्यां, नाचां दे दे चुटकी॥
भाग खुल्यो म्हारो साध संगत सूँ, साँवरिया की बटकी[5]।
जेठ बहू की काण न मानूँ, घूँघट पड़ गइ पटकी॥
परम गुराँ के सरण में रहस्यां, परणांम कराँ लुटकी।
मीरां के प्रभु गिरधरनागर, जनम मरण सूँ छुटकी॥ 41॥

❖ ❖ ❖

मैं तो सांवरै रंग राची[6]। (टेक)
सजि सिंगार बांध पग घुंघरूँ, लोक लाज तजि नाची[7]॥
गई कुमति लई साधु-संगति, भगत रूप भई सांची॥
गाय गाय हरि के गुन निस दिन, काल ब्याल[8] सों बांची॥
उण[9] बिन सब जग खारो लागत, और बात सब कांची[10]॥
मीरां श्रीगिरधरलाल सूँ, भगति रसीली जांची॥ 42॥

❖ ❖ ❖

---

1. मना कर दिया 2. गहना, आभूषण 3. दो लड़वाली 4. टुकड़ा 5. कटोरी 6. रच गई 7. नृत्य किया
8. साँप 9. उसके 10. कच्ची

मैं बैरागण बैठी जागूँ, नगर सारो सूतो री आली।
केतो री जागे नगरी रा राजा जब जागे जब राज साधे॥
केतो[1] री जागे टाँडा[2] रो नायक जब जागे जब तब टाँडा लादे॥
केतो री जागे बालुडा[3] री माता जब जागे जब बालु[4] हुलरावे॥
केतो री जागे जंगल रो जोगी जब जागे जब जोग साधे[5]॥
बाई मीरां के प्रभु गिरधरनागर प्रभु चरणा चित छाजे[6]॥ 43॥

❖ ❖ ❖

म्हाँने चाकर राखो जी, साँवरिया म्हाँने चाकर राखो जी। (टेक)
चाकर रहस्यूँ बाग लगास्यूँ, नित उठि दरसन पास्यूँ।
वृन्दावन की कुंजगलिन में, तेरी लीला गास्यूँ॥
चाकरी में दरसन पाऊँ, सुमिरन पाऊँ खरची[7]।
भाव भगत जागीरी पाऊँ, तीनूँ बाताँ सरसी[8]॥
हरे हरे सब बलहि (महल) बनाऊँ, बिच बिच राखूँ वारी।
साँवरिया के दर्शन पाऊँ, पहिर कुसुंमी सारी॥
जोगी आया जोग करन कूं, तप करने संन्यासी।
हरी भजन कूं साधू आये, वृन्दावन के वासी॥
मीरां के प्रभु गहिर गँभीरा, हिदें रहो जी धीरा[9]।
आधी रात प्रभु दर्शन दीन्हे, प्रेम नदी के तीरा॥ 44॥

❖ ❖ ❖

---

1. या तो 2. बालध, व्यापार की वस्तुओं से लदे हुए बैलों का समूह 3. बालक की 4. बालक
5. साधना करता है 6. रमाना, लगाना 7. हाथ खर्च 8. पूरी होगी 9. धैर्य

मेरी कांनां[1] सुनिजो जी करणाँ[2] निधान। (टेक)

रावलो बिड़द[3] मोहि रूड़ो[4] सो लाग परत पराये प्रांत॥

सभा सनेही मेरे ओर न कोई बैरी[5] सकल जहान[6]॥

ग्राहा[7] गह्यो गजराज उबार्यौ, बूड़ि[8] न दीन्हौ जांनि॥

मीरां दासी अरज करत है, नंही जी सहारो आंन[9]॥ 45॥

❖ ❖ ❖

म्हारा सतगुरू बेगा[10] आज्यो जी,

म्हारे सुखरी सीर[11] वुवाज्यो जी[12]। (टेक)

तुम बिछुड्याँ दुःख पाऊँ जी, मेरा मन माँही मुरझाऊँ जी॥

मैं कोयल ज्यूँ कुरलाऊँ[13] जी, कुछ बाहरि कहि न जणाऊँ जी।

मोहि बाघण[14] विरह सतावैजी, कोई कहिया पार न पावै जी॥

ज्यूँ जल त्यागा मीना जी, तुम दरसन बिन खीना[15] जी।

ज्यूँ चकवी रैण न भावै जी, वा ऊगो[16] भाण[17] सुहावै जी॥

ऊ दिन कबै करोलाजी, म्हारे आँगण पाँव धरोला जी॥

अरज करै मीरां दासी जी, गुरुपद रज की प्यासी जी॥ 46॥

❖ ❖ ❖

---

1. कान 2. करुणा 3. यश 4. सुंदर, प्रिय 5. शत्रु 6. संसार 7. मगरमच्छ 8. डूबने 9. अन्य, दूसरा
10. शीघ्र 11. धारा (सीर माता के स्तनों से निकली दूध की धार) 12. बहाइएगा 13. करुण स्वर
में पुकारती हूँ 14. बाघिन 15. क्षीण, दुर्बल 16. उदय हुआ 17. भानु, सूर्य

म्हारे जनम-मरण रा साथी! थांने नहिं बिसरूँ[1] दिन राती।
थाँ देख्याँ बिन कल न पड़त है, जाणत मेरी छाती।
ऊँची चढ़-चढ़ पंथ निहारूँ, रोय-रोय अँखियाँ राती[2]।
यो संसार सकल जग झूठो, झूठा कुल रा न्याती।
दोउ कर जोड्याँ अरज करूँ छूँ, सुण लीज्यो मेरी बाती[3]।
यो मन मेरो बड़ा हरामी, यूँ मदमातो हाथी।
सतगुरु हाथ धर्यो सिर ऊपर, आँकुस[4] दै समझाती।
पल-पल पिव को रूप निहारूँ, निरख-निरख सुख पाती।
मीरां के प्रभु गिरधरनागर, हरि चरणाँ चित राती॥ 47॥

❖ ❖ ❖

म्हारै घर होता जाज्यो राज। टेक
अब के जिन टाला[5] दे जावो, सिर पर राखूं बिराज॥
म्हे तो जनम जनम की दासी, थे म्हाँका सिरताज॥
पावणड़ा[6] म्हांके भला ही पधारो, सब ही सुधारण काज॥
म्हे तो बुरी थांके भली छै घणेरी[7], तुम हो एक रसराज॥
थांने हम सबहिन की चिन्ता, तुम हो गरीबनिवाज॥
सब के मुकुट-सिरोमनि सिर पर, मानूं पुण्य की पाज[8]॥
मीरां के प्रभु गिरधरनागर, बांह गहे की लाज॥ 48॥

❖ ❖ ❖

---

1. भूलूँ 2. लाल हो गई है 3. बात 4. अंकुश 5. बहाना करने की क्रिया या भाव 6. अतिथि, मेहमान 7. बहुत-सी 8. सरोवर की पाल (सीमा)

राणाँजी म्हारे गिरधर प्रीतम प्यारो,
हो राणाँजी म्हारे गिरधर प्रीतम प्यारो। (टेक)
ब्यापक होय रह्यो घट घट में, है सब ही से न्यारो[1]।
अन्तर घट की सब ही जाणे, सब ही रो सरजणहारो[2]॥
आप तो भेज्या बिषरा प्याला, दे मीरां ने मारो।
कर चरणामृत पी गई जी, गिरधर संकट टारो[3]॥
जन्म जन्म रो पति परमेश्वर, राणोंजी कोन बिचारो!
मीरां के प्रभु गिरधरनागर, साँचो बँसरीवारो[4]॥ 49॥

❖ ❖ ❖

राणाँजी म्हे तो गिरधर रा गुण गास्याँ। (टेक)
गुरु-प्रताप साधां री संगत, सहजैं ही तिर जास्याँ॥
कथा कीरतन सुण निसबासर, महाप्रसाद ले पास्याँ॥
म्हारे तो पण[5] चरणमृत को, नित उठी मन्दिर जास्याँ।
लोक वेद की काण न मानाँ, राम तणाँ गुण गास्याँ॥
नाँव अमोलिक अमृत पीकै, सिर के साटें[6] लास्याँ॥
तुम हठ माँड्यो म्हारे ऊपर, विष रो प्यालो पास्याँ॥
जन मीरां गिरधर के ऊपर, पीवत मन नां डुलास्याँ[7]॥ 50॥

❖ ❖ ❖

---

1. अलग, खास 2. सृजन करने वाला 3. टालो 4. बाँसुरीवाला 5. प्रण 6. बदले में 7. विचलित होगी

राणाँजी हूँ गिरधर रै घर जाऊँ। (टेक)

गिरधर म्हारो साँचो प्रीतम, देखत रूप लुभाऊँ॥

रैन पड़े तब ही उठ जाऊँ, भोर भरे उठ आऊँ॥

रैन दिनाँ वाके[1] सँग खेलूं, रीझै त्योंहि रिझाऊँ॥

ज्यों पहरावै सोई पहरूँ, ज्यो दे सोई खाऊँ॥

मेरे उनके प्रीत पुराणी, वाँ बिन पल न रहाऊँ॥

जहाँ बैठावै तहा ही बैठूं, बेचै तो बिक जाऊँ॥

जन मीरां गिरधर रे ऊपर बार बार बलि जाऊँ॥ 51॥

❖ ❖ ❖

राम नाम रस पीजे मनुआ[2], राम नाम रस पीजे॥ (टेक)

तज[3] कुसंग सतसंग बैठ नित, हरि चरचा सुण लीजे॥

काम क्रोध मद लोभ मोह कूँ, चित्त से बहाय दीजे॥

मीरां के प्रभु गिरधरनागर, ताहि[4] के रँग में भीजे॥ 52॥

❖ ❖ ❖

---

1. उसके 2. मन 3. छोड़ना 4. उसके

राम रतन धन पायो मैया, मैं तो राम रतन धन पायो। (टेक)

खरचे ना खूटे[1], वाकूँ चोर न लूटे, दिन दिन होत सवायो॥

नीर न डूबै वाकूँ, अग्नि न जाले, धरनी धर्यो न समायो॥

नाँव को नाँव भजन की बतियाँ, भवसागर से तार्यो॥

मीरां प्रभु गिरधर के सरनें, चरण कमल चित लायो॥ 53॥

❖ ❖ ❖

रामा रामा कहिये रे गोबिन्द गोबिन्द कहिये रे॥ (टेक)

कंकर हीरा एक सारसा[2], हीरा किस कूँ कहिये रे॥

हीरापण तो जद ही जाणूं, महँगा मोल बिकइये रे॥

कोयल कागा एक सरीसा[3], कोयल किसको कहिये रे।

कोयलपण तो जब ही जाणूं, मीठा बचन सुणइये रे॥

हंसा बगुला एक सरीखा, हंसा किसकूं कहिये रे।

हंसापण तो जद ही जाणूं, चुग चुग मोती खइये रे॥

जगत भगत के आसरे है, भगत किसकूं कहिये रे।

भगतपणों तो जब ही जाणूं, बोल सभी का सहिये रे॥

मीरां के प्रभु गिरधरनागर, हरि चरणाँ चित दइये रे।

द्वारिका के ठाकुर के सरणे में, जा कर रहिये रे॥ 54॥

❖ ❖ ❖

---

1. ख़त्म होता है 2. समान 3. सरीखा, समान

सजन सुध ज्यों जानों त्यों लीज्यो। (टेक)
हूँ तो दासी जनम जनम की, कृपा रावरी कीज्यो॥
उठत बैठत जागत सोवत, कब हूँ याद करीज्यो॥
आवत जावत जीमत पीवत, सुपने सुध धरीज्यो[1]॥
रात दिवस प्रभु ध्यान तिहारो, आप ही दरसण दीज्यो॥
मीरां के प्रभु गिरधरनागर, मिल बिछुरन मत कीज्यो॥ 55॥

❖ ❖ ❖

साध आया वो राणा म्हे सुण्यां, श्रवणां सुणी जी अवाज।
म्हारो मन लाग्यौ बैराग सूं, रमस्यां साधां री साथि। (टेक)
साध संगति राणी छोडि द्यौ, बैठो राणां रै पास।
साध हमारे सिर धणी[2], साधू माय’र बाप॥
इक कुल लाजै राणी आपणौ, दूजौ राय राठोड़।
तीजो लाजै राणी मेड़तो, चौथो गढ़ चीतोड़॥
इक कुल राणा त्यारूं आपणौ, दूजो राउ राठोड़।
तीजो त्यारूं राणा मेड़तो, चौथो गढ़ चीतोड़॥
बागां तो बोली कोइली[3], गिर[4] पर बोल्या जी मोर।
मीरां नै सतगुरु मिल्या, नागर नंदकिसोर॥ 56॥

❖ ❖ ❖

---

1. धारण करना 2. स्वामी 3. कोयल 4. पहाड़

स्याम म्हाँनै चाकर राखो जी,
गिरधारीलाल चाकर राखो जी। (टेक)
चाकर रहसूँ बाग लगासूँ, नित उठ दरशण पासूँ।
बृन्दावन की कुञ्ज गलिन में, गोविन्द का गुण गासूँ॥
चाकरी में दरशण पाउँ, सुमिरन पाउँ खरची।
भाव भगति जागीरी पाउँ, तीनों बाताँ सरसी॥
मोर मुकुट पीताम्बर सोहै, गल बैजन्ती माला।
बृन्दावन में धेनु चरावै, मोहन मुरली वाला॥
ऊँचे ऊँचे महल बनाऊँ, बिच बिच राखूं बारी[1]।
सांवरिया के दरशन पाउँ, पहिर कुसूँमल[2] सारी॥
जोगी आया जोग करन कूँ, तप करने संन्यासी।
हरी भजन को साधु आये, बृन्दावन के बासी॥
मीरां के प्रभु गहिर[3] गँभीरा, हृदै रहो जी धीरा।
आधी रात प्रभु दर्शन दीज्यो, प्रेम नदी के तीरा॥ 57॥

❖ ❖ ❖

---

1. खिड़की 2. कुसुम के रंग की लाल 3. गहरा

हमने सुणी छे हरि अधम उधारण।
अधम उधारण सब जग तारण।
गज की अरज गरज[1] उठ ध्यायो, संकट पड्यौ तब कष्ट निवारण।
द्रुपदसुता को चीर बधायो, दुसासन को मान मद मारण।
प्रह्लाद की परतिग्या[2] राखी, हरणाकुस नख उद्र[3] बिदारण[4]।
रिखिपतनी[5] पर किरपा कीन्हीं, बिप्र सुदामा की विपति बिदारण।
मीरां के प्रभु मो बन्दी पर एति[6] अवेरि[7] भई किरण कारण॥ 58॥

❖ ❖ ❖

हरि तुम हरो जन की पीर[8]। (टेक)
द्रोपदी की लाज राखी, तुम बढ़ायो चीर[9]॥
भक्त कारण रूप नरहरि, धर्यो[10] आप सरीर॥
हिरनकश्यप मार लीनो, धर्यो नाहिन धीर॥
बूड़ते[11] गज ग्राह[12] मार्यो, कियो बाहर नीर॥
दासि मीरां लाल गिरधर, दुःख जहां तहां पीर॥ 59॥

❖ ❖ ❖

---

1. प्रार्थना 2. प्रतिज्ञा 3. उदर, पेट 4. फाड़ना, विदीर्ण करना 5. ऋषि की पत्नी 6. इतनी
7. विलम्ब, देर 8. कष्ट, पीड़ा 9. वस्त्र 10. धारण किया 11. डूबते हुए 12. मगरमच्छ

संघर्ष

कांई थारो लागै छै गोपाल। (टेर)

गढ़ से तो मीरांबाई ऊतर्‍या जी, हाथ मगद[1] को थाल।
औरां के तो अनगन[2] लछमी, आप फिरो कंगाल॥
ऊँचा राणाजी रा गोखड़ा[3] जी, नीची मीरांबाई री साल[4]।
रमतां[5] तो पायो मीरां काँकरो[6], कोई सेवा सालिगराम॥
ज़हर पियाला राणाजी भेजिया जी, द्यो मीरां ने जाय।
कर चरणामृत मीरां पी गई, कोई आप जानो रघुनाथ॥
साँप टिपारा राणाजी भेज्या, कोई द्यो मीरां ने जाय।
कर खँगवालो[7] मीरांबाई पहरियो, कोई हो गयो नोसर हार॥
काढ़ कटारो राणाजी बैठिया, ल्यो मीरां ने मार।
इत मारां उत दोष लगे, कोई छत्रीधरम घट जाय॥
सांड्या सांडिया[8] पलाणज्यो[9], म्हे चालां सो सो कोस।
राणाजी का देस में कोई, जल पीबा को दोस॥
सांड्यो फिर कर देखियो जी, दीखै मीरांबाई रो देस।
मीरां गिरधर के रंग राची, रंच न रह्यो कलेस॥1॥

❖ ❖ ❖

---

1. मैदे को घी के साथ सेंककर उसमें उचित मात्रा में शक्कर मिला कर बनाया हुआ व्यंजन
2. अनगिनत 3. गवाक्ष, झरोखा 4. मकान का वह सबसे बड़ा कमरा जिसमें रोशनदान, खिड़की आदि न हो, मकान का वह कमरा जिसके दरवाज़े एकाधिक दिशाओं में खुलते हों 5. खेलते हुए, 6. कंकड़, पत्थर का टुकड़ा 7. गले में पहनने का सोने या चाँदी का आभूषण विशेष जो हंसुली की हड्डी के पास रहता है 8. संदेशवाहक, मांदा ऊँट की सवारी करने वाला 9. ऊँट पर चारपाया कसना, जीन कसना

अपणाँ करम ही का खोट[1], दोष काँई दीजे री आली। (टेर)

मैं तासूँ बूझूँ कोई न बतावै, सब ही बटाऊ[2] लोग।

सुणजो री मोरी संग की सहेली, बाट चलत लगी चोट॥

अपणाँ दरद कूँ सब कोई जाणैं, पर दुख कूँ नहिं कोई।

मीरां के प्रभु हरि अविनासी, बची चरण की ओट॥ 2॥

❖ ❖ ❖

काहूकी मैं बरजी[3] नाहिं रहूँ। (टेर)

जो कोई मोकूं एक कहै, मैं एक की लाख कहूँ॥

सास की जाई[4] मोरी ननद हटीली, यह दुख किनसे कहूँ॥

मीरां के प्रभु गिरधरनागर, जग उपहास सहूँ॥ 3॥

❖ ❖ ❖

---

1. दोष 2. पथिक, यात्री 3. वर्जित, रोकी हुई 4. उत्पन्न, पैदा की हुई

तेरा कोई नहीं रोकणहार, मगन होय मीरां चली। (टेर)

लाज सरम कुल की मरजादा, सिर से दूर करी।

मान अपमान दोऊ धर पटके, निकली हूँ ज्ञान गली॥

ऊँची अटरिया लाल किंवड़िया, निरगुण सेज बिछी।

पचरंगी झालर सुभ सोहै, फूलन फूल कली॥

बाजूबंद कड़ूला[1] सोहे, माँग सिन्दूर भरी।

सुमरिन थाल हाथ में लीन्हां, सोभा अधिक भली॥

सेज सुखमणा मीरां सोवै, धन सुभ आज घरी।

तुम जावो राणा घर अपने, मेरी तेरी नाहिं सरी[2]॥ 4॥

❖ ❖ ❖

गिरधर म्हारा साँचा पति छै, मैं गिरधर की दासी हे माय। (टेर)

राणोजी म्हासूं रूस[3] रह्यो छै, कूड़ा[4] बचन निकासै हे माय॥

राणो कहै सो एक न माँना म्हे, साध दुवारे[5] नित आसी हे माय॥

मीरां के प्रभु सेज चढ़े जब, ठाड़ी[6] करै खवासी[7] हे माय॥ 5॥

❖ ❖ ❖

---

1. पैर का आभूषण 2. निर्वाह 3. क्रोधित, नाराज 4. झूठे 5. द्वार पर 6. खड़ी हुई 7. चाकरी, सेवा-टहल

तेरा मेरा जियड़ा यक[1] कैसे होय, राम। (टेर)

हमने कहा सुरझावन[2] राणाँ, तुम जाते उरझाय[3], राम।

हमने कहा निरमोहित रहना, तुम तो जात मोहाय, राम॥

तेल जले तो जलती है बाती, दिवरा[4] झलमल सोय, राम।

जल गया तेल रु बुझ गई बाती, लच्चर लच्चर[5] होय, राम॥

हमने कहा आंखिन का देखा, तुम कानों सुनि सोय, राम।

मीरां के प्रभु गिरधरनागर, होनहार सो होय, राम॥ 6॥

❖ ❖ ❖

न भावे थाँरो देसड़लो जी रंग रूड़ो[6]।

थाँरा देसाँ में राणा साध नहीं है, लोग बसै सब कूड़ो[7]।

गहणा गाँठी राणा! हम सब त्याग्या, त्यागो कर रो चूड़ो[8]।

तन की आस कछु नहीं कीनी, ज्यूं रण माहीं सूरो[9]।

घूँघट को पट खोल दियो है, सिर पर बाँध्यो जूड़ो।

मेवा मिसरी मैं सबही त्यागा, त्यागा छे सक्कर बूरो।

मीरां के प्रभु गिरधरनागर, वर पायो छे पूरो॥ 7॥

❖ ❖ ❖

---

1. एक 2. सुलझाना 3. उलझा दिया 4. दीपक 5. दीपक के बुझने की क्रिया या अवस्था
6. मनोहर, सुंदर 7. झूठे, गलत 8. स्त्रियों द्वारा भुजाओं में पहनने का चूड़ियों का वह समूह जिसमें
छोटी चूड़ी कुहनी के पास तथा बड़ी चूड़ी बाहुमूल में रहती है। यह विवाहित स्त्रियाँ पहनती हैं
9. योद्धा, वीर

निन्दा म्हारी भलांई करोनैं सोनैं काट[1] न लागै। (टेर)

जोग लियो जग जातौ देख्यौ, हरि भजबाकै काजै।

जो कोई करणीं में चूक पड़ै तो, सतगुरु म्हारा लाजै॥

धन रे लोक थांरी करणां[2], कीड़ी[3] रौ कुंजर[4] बणायौ।

अणदीठी अण सांमले[5] रे, बद बद बाद उठायौ॥

कुल कूं छाँड़ि कड़ूंबो[6] छाँड्यौ, छाँडी ममता माई।

और दुनियां कौ दावौ छौड्यौ, छोडी लोभ बड़ाई॥

पर गल दोई में पलो बिछायौ, मन भावै ज्यूं कहियौ।

यो जस मीरां बाई गावै, ज्यूँ कहियौ ज्यौं सहियौ॥ 8॥

❖ ❖ ❖

पग घूँघरू बाँध मीरां नाची रे। (टेर)

मैं सपने तो नारायण की, हो गई आपही[7] दासी रे॥

बिष का प्याला राणाजी ने भेज्या, पीवत मीरां हाँसी[8] रे॥

लोक कहे मीरां भई बावरी[9], बाप[10] कहे कुलनासी रे॥

मीरां के प्रभु गिरधरनागर, हरिचरणां की दासी रे॥ 9॥

❖ ❖ ❖

---

1. जंग 2. कार्य 3. चींटी 4. हाथी 5. अनसुनी 6. कुटुंब 7. अपने आप 8. हँसी, प्रसन्न हुई
9. पागल 10. पिता

बरजी[1] नाहीं रहूंगी, म्हारो स्याम सुन्दर भरतार[2]। (टेर)

इक बर बरजी दोय बर बरजी, बरजी सो सो बार॥

सासू बरजी नैंणदी[3] बरजी, राणोंजी दावादार॥

मीरां के प्रभु हरि अविनासी, पूरणब्रह्म अपार॥ 10॥

❖ ❖ ❖

माई साँवरे रँग राची।

साज सिंगार बाँध पग घूँघर, लोक लाज तज नाची।

गयी कुमत लई साधाँ संगत, स्याम प्रीत जग साँची।

गायाँ गायाँ हरि गुण निस दिन, काल व्याल सूँ बाँची।

स्याम बिना जग खारो लागै, जग री बाताँ काची[4]।

मीरां सिरी[5] गिरधर नट नागर भगति रसीली जाँची॥ 11॥

❖ ❖ ❖

---

1. वर्जित, रोकी हुई 2. पति, स्वामी 3. ननद 4. कच्ची 5. श्री

मान ल्यो जी म्हारी, अब मीरां म्हारी,
थानै सखियाँ बरजै सारी। (टेक)
राजा बरजै, राणी बरजै, बरज बरज सब हारी॥
सीसफूल सिर ऊपर सोहै, बिंदली मोत्यां वारी॥
हाथ गूजरी[1] कर में कंकण, नेवर[2] पद झुँणकारी॥
साधाँ के संग बैठ बैठ कर लाज गुमा दइ सारी॥
नित प्रति जाय साध सँग बैठो, कुल के लावो गारी॥
बड़ा घरां का छोटा कहवो, नाँचो दै दै तारी॥
बर[3] पायो हिंदवाणूं सूरज, अब मन काँई धारी॥
मीरां के प्रभु गिरधरनागर, चरणकमल बलिहारी॥ 12॥

❖ ❖ ❖

मीरां मगन भई हरि के गुण गाय। (टेक)
साँप पिटारा राणा भेज्या, मीरां हाथ दियो जाय।
न्हाय-धोय[4] जब देखण लागी, सालिगराम गई पाय॥
ज़हर का प्याला राणा भेज्या, अमृत दीन्ह बनाय।
न्हाय धोय जब पीवण लागी, हो गई अमर अँचाय[5]॥
सूल सेज राणा ने भेजी, दीज्यो मीरां सुलाय।
साँझ भई मीरां सोवण लागी, मानो फूल बिछाय॥
मीरां के प्रभु सदा सहाई, राखो विघन हटाय।
भजन भाव में मस्त डोलती, गिरधर पै बलि जाय॥ 13॥

❖ ❖ ❖

---

1. एक आभूषण 2. नूपुर 3. वर 4. नहा-धोकर 5. आचमन करके

म्हाँनै गुरु गोबिन्द री आण, गोरल[1] नाँ पूजां। (टेक)

सास : और ज पूजै गोरजा जी, थे क्यूँ पूजो न गोर।
मन-बंछित फल पावस्यो जी थे क्यूँ पूजो ओर॥

मीरां : नहिं हम पूजां गोरज्या जी, नहिं पूजां अन[2] देव।
परम सनेही गोविन्दो थे, काँई जाणो म्हारो भेव[3]॥

सास : बाल सनेही गोविन्दो, साध संताँ को काम।
थे बेटी राठोड़ की, थाँनै राज दियो भगवान॥

मीरां : राज करै ज्याँना करणै दिज्यौ, मैं भगताँ री दास।
सेवा साधू जनन की म्हारे, राम मिलण की आस॥

सास : लाजै पीहर सासरो, माइ तणो मोसाल[4]।
सब ही लाजै मेड़तियो जी, थाँसूँ बुरा कहे संसार॥

मीरां : चोरी कराँ न मारगी[5], नहिं मैं करूं अकाज।
पुन्न कै मारग चालतां, झक मारो संसार॥
नहिं मैं पीहर सासरे, नहिं पियाजी री साथ।
मीरां ने गोविन्द मिल्या जी, गुरु मिलिया रैदास॥ 14 ॥

❖ ❖ ❖

---

1. पार्वती, गौरी 2. अन्य 3. भेद, रहस्य 4. मामा का घर 5. लूटपाट

मेरे राणाजी मैं गोबिन्द गुण गाना। (टेक)

राजा रूठे नगरी राखे अपनी, हरि[1] रूठे कहां जाना॥

राणा भेज्या ज़हर प्याला, मैं अमृत कर पी जाना॥

डिबिया[2] में काला नाग जो भेज्या, मैं सालिग्राम कर जाना॥

मीरां बाई प्रेम दिवानी, मैं सांवरिया बर[3] पाना॥ 15॥

❖ ❖ ❖

म्हारा गिरधर रसिया छैल, मैं तो चालूँ थारी गैल॥ (टेक)

पुरी द्वारका वास करूंली, और समद की ल्हैर।

सब राण्यां सैं रहूँ निराली, जुदा[4] चुणाद्यो म्हैल॥

राणो म्हाँसूँ करी अनीति, भोत[5] मचाया फैल[6]।

मैं तो थाँकी संग चलूँली, भोत करूँली ठैल[7]॥

राजपाट राणा का छोड्या, और कंचन का म्हैल।

हाती घोड़ा माल खजाना, और दुनियां की सैल[8]।

मैं गिरधर की भक्ति करस्यूँ कटै जनम का मैल।

आनंधर मीरां गिरधर को, कच कंचन का म्हैल॥ 16॥

❖ ❖ ❖

---

1. ईश्वर, भगवान 2. छोटा बक्सा 3. वर 4. अलग 5. बहुत 6. उपद्रव, उत्पात 7. सेवा-टहल
8. आनंद

म्हारी बात जगत सूं छानी[1], साधाँ सूं नहिं छानी री। (टेक)

साधू मात पिता कुल मेरे साधू निरमल ग्यानी री॥

राणाँ नैं समझाओ बाई (ऊदाँ) मैं तो एक न मानी री॥

मीरां के प्रभु गिरधरनागर संतन हाथ बिकानी री॥ 17॥

❖ ❖ ❖

राँणैं म्हाँनै ऐसी कही महाराज॥ (टेक)

भगतण[2] होय मीरां जगत लजायो, कीन्हौं सारो राज।

जावो नैं मीरां म्हाँनै मुख न दिखावो, म्हाँनै आवै थारी लाज॥

लाजै मीरां पीहर सासरो और लाजै म्हारो साज[3]।

गोपी चंदण तुलसी की माला भीख माँगण रो साज॥

धन मीरां धनि मेड़तौ धनि राठोडौ राज।

मीरां के प्रभु हरि अविनासी, चलि आयो ब्रजराज॥ 18॥

❖ ❖ ❖

राजा रूठै[4] नगरी राखै, हरि रुठ्यां कहँ[5] जाणाँ। (टेक)

राणा भेजा ज़हर पियाला, इमरत[6] कर पी जाणाँ॥

डिबिया में भेजा जु भुजंगम[7], सालिगराम करि जाणाँ॥

मीरां तो अब प्रेम दिवानी, साँवलिया बर पाणाँ॥ 19॥

❖ ❖ ❖

---

1. छिपी हुई, अप्रकट 2. गाना-बजाना सीखकर वेश्यावृत्ति करने वाली एक स्त्री जाति 3. साधन
4. नाराज़ हो गए 5. कहाँ 6. अमृत 7. साँप

राणांजी तें ज़हर दियो मैं जाणी। (टेक)

जैसे कंचन दहत अगिन में, निकसत बाराबांणी[1] ॥

लोकलाज कुलकाण जगत की, दी बहाय ज्यूं पांणी ॥

अपने घर का परदा कर लो, मैं अबला बौरांणी[2] ॥

तरकस तीर लग्यो मेरे हियरे, गरक[3] गयो सनकांणी[4] ॥

सब संतन पर तन मन वारों, चरणकमल लपटांणी ॥

मीरां के प्रभु राख लई है, दासी अपनी जाणी ॥ 20 ॥

❖ ❖ ❖

राणांजी थारो देसड़लो रंग रूड़ो[5] । (टेक)

थारे मुलक में भक्ति नहीं छै, लोग बसे सब कूड़ो ॥

पाट पटंबर सब ही मैं त्यागा, सिर बांध्यो छै जूड़ो ॥

माणिक मोती सब ही मैं त्यागा, तज दियो कर को चूड़ो ॥

मेवा मिसरी मैं सब ही त्यागा, त्याग्या छै सक्कर बूरो ॥

तन की मैं आस कबहुं नहिं कीनी, ज्यूं रण मांही सूरो[6] ॥

मीरां के प्रभु गिरधरनागर, बर पायो मैं पूरो[7] ॥ 21 ॥

❖ ❖ ❖

---

1. शुद्ध, खरा 2. पागल हो गई 3. डूब 4. नाक से की गई ध्वनि 5. प्रिय, मनोहर 6. योद्धा, शूर
7. पूर्ण

राणांजी थे क्याने राखो मोसूँ बैर। (टेक)
राणाँजी म्हाँने ऐसा लगत है, ज्यूँ बिरछन में कैर ॥
मारू धर मेवाड़, मेरतो, त्याग दियो थांको सैर[1] ॥
थारे रूस्याँ[2] राणाँ कुछ नहिं बिगड़े, अब हरि कीनी म्हैर[3] ॥
मीरां के प्रभु गिरधरनागर, हठ कर पी गई ज्हैर[4] ॥ 22 ॥

❖ ❖ ❖

राणाँजी हूँ अब न रहूँगी तोरी हटकी[5]।
साध-संग मोही प्यारा लागै, लाज गई घूँघट की। (टेक)
पीहर मेड़ता छोड़ अपना, सुरत निरत दोउ चटकी।
सतगुरु मुकर दिखाया घटका, नाचूँगी दे दे चुटकी॥
हार सिंगार सभी ल्यो अपना, चूड़ी कर की पटकी।
मेरा सुहाग अब मोकूं दरसा, और न जाने घट की॥
महल किला राणाँ मोहिं न चहिये, सारी रेसम पट की।
हुई दिवानी मीरां डोलै, केस लटा[6] सब छिटकी[7] ॥ 23 ॥

❖ ❖ ❖

---

1. शहर, नगर 2. रूठने पर 3. मेहर, कृपा 4. जहर 5. प्रतिबंधित, वर्जित 6. बालों की लटें
7. बिखरी हुई

राणाँजी म्हाँनैं याही बदनामी मीठी। (टेक)
साँकड़ली सेर्याँ मैं म्हाँनैं साधूजन मिलिया, क्यूंकर फिरूँ अपूठी[1] ॥
रामजी सूं मैं तो बात करै छी, दुरजन लोगाँ दीठी॥
बुराँजी कहौ नैं कोई भलाँजी कहो नैं, नैं मानो किसी की बसीठी[2] ॥
जन 'मीरां' कहै निन्दक प्राणी, जल बलि होइ न अँगीठी॥ 24 ॥

❖ ❖ ❖

राणाजी ज़हर दियो मैं जाणी।

अपने कुल को पड़दा कीजो, मैं अबला बौराणी[3]।

जब लगि कंचन कसियो नांहीं, होत न बाराबानी[4]।

मेरो न्याव कियो परमेसर, छान्यौ दूध र पानी।

मारू खंड मेवाड़ धरा विचि, छोड़ी कुल री कानी।

हथिलेवौ[5] राणा सौं जोड्यो, गिरधर री पटरानी।

कोटिक भूप वारौं संतनि पर, जिनके हाथ बिकानी।

मीरां के प्रभु गिरधरनागर, चरण कँवल लपटानी॥ 25 ॥

❖ ❖ ❖

---

1. विमुख, उल्टा, उल्टे पैरों वापस 2. संदेश देने-लेने का कार्य 3. पागल हो गई 4. खरा, शुद्ध
5. पाणिग्रहण

राणाजी म्हाँने या बदनामी लागै मीठी।

साँकड़ी[1] सेरी[2] में म्हारा सतगुरु मिलिया, किस विध फिरूँ अपूठी[3]।

थारा तो राम मीरां म्हाने बतावो, नीतर सेवा थाँरी झूठी।

म्हारा तो राम राणाजी सबमें विराजे, हिया ललाड़ी[4] थाणी फूटी।

कोई निन्दो कोई बिन्दों-मैं चलूँगी चाल अपूठी।

सतगुरु जी सूँ बात ज करताँ, दुरजन लोगाँ ने दीठी।

मीरां कहे प्रभु गिरधरनागर, चढ़ गयो रंग मजीठी॥ 26॥

❖ ❖ ❖

राणों म्हारो काँइ करिहै मीराँ छोड़ दई कुल लाज।

बिष को प्यालो राणाँ ने भेज्यो मीरां मारन काज। (टेक)

हँस के मीरां पीय गई है प्रभु प्रसाद पर राग।

डब्बो एक राणाँजी भेज्यो उसमें कारा[5] नाग॥

डब्बो खोल मीरां जब देख्यो व्है गयो सालिगराम।

जै जै सब सन्त सभा भई कृपा करी घनश्याम॥

सजि सिंगार पग बाँधि घुँघरू दोऊ[6] कर देती ताल।

ठाकुर आगे नृत्य करत ही गावत श्रीगोपाल॥

साधु हमारे हम साधुन के साधु हमारे जीव।

साधुन मीरां मिलि जो रही है जिमि माखन में घीव[7]॥ 27॥

❖ ❖ ❖

---

1. संकीर्ण 2. गली, मार्ग 3. पीठ घुमाकर, उल्टा, विमुख 4. ललाट 5. काला 6. दोनों 7. घी

सांवरे रंग राची, राणाँजी हूँ तो।

बाँध घूघरा प्रेम का, हूँ हरि आगे नाची। (टेक)

इक निरखत है इक परखत है, एक करत मोरी हाँसी।

और लोग म्हारा काँइ करसी हूँ हरिजी की दासी॥

राणों विष रो प्यालो भेज्यो, हूँ नहिं हिम्मत काची[1]।

मीरां चरणाँ लाग रही छै, या तो न्हिभसी[2] सांची॥ 28॥

❖ ❖ ❖

सीसोद्या राणां प्यालो म्हाँने क्यूं रे पठायो। (टेक)

भली बुरी तो मैं नहिं कीन्हीं, क्यूं है रिसायो[3]।

थाँने म्हाँने देह दिवी[4] है, ज्यां रो हरिगुण गायो।

कनक कटोरे ले विष घोल्यो, दयाराम पंडो लायो।

अठी उठी[5] तो मैं नहिं देख्यो, कर चरणामृत पायो॥

आज काल की मैं नहिं राणां, जद[6] यह ब्रह्माँड छायो।

मेड़तिया घर जन्म लियो है, मीरां नाम कहायो।

प्रहलाद की प्रतिज्ञा राखी, खंभ फाड़ बेगो[7] धायो[8]।

मीरां के प्रभु गिरधरनागर, जन को बिड़द बढ़ायो॥ 29॥

❖ ❖ ❖

---

1. कच्ची 2. निभेगी 3. क्रोधित या नाराज़ हुआ 4. दी 5. इधर-उधर 6. जब 7. शीघ्र 8. दौड़ा

हे री मैं तो दरद दिवानी, मेरा दरद न जाने कोय।

सूली ऊपर सेज हमारी, किस विध सोणा होय।

गगन मँडल पे सेज पिया की किस विध मिलणा होय॥

घायल की गत घायल जाने, के जिन घायल होय।

जौहर[1] की गत जौहरी[2] जाने, के जिन जौहर होय॥

दरद की मारी बन बन ढूंढूं, वैद मिल्यो नहिं कोय।

मीरां के प्रभु पीर मिटेगी, वेद[3] सांवलिया होय॥ 30॥

❖ ❖ ❖

हेली म्हाँसू हरि बिन रह्यो न जाई॥ (टेक)

चौकी तो राखो भावै पहरा भी राखौ, ताला कांन जुड़ाई॥

बाबल रूसौ भावै मायड़ रूसौ, वीरो जी परौरी रिसाई॥

सुसरो भी रूसो भावै सासू भी रूसो, खावद[4] खरो री रिसाई॥

चहूँ दिसा री सजनी सनमुख जोउ, कब रे मिलौगा हरि आई॥

मीरां के प्रभु राम सनेही, और न आवै म्हारी दाई॥ 31॥

❖ ❖ ❖

---

1. जवाहिरात, रत्न 2. जवाहिरात आदि बेचने वाला, रत्नविक्रेता 3. वैद्य 4. ख़ाविंद, पति

जीवन

इक अरज सुनो पिय मोरी, मैं किण संग खेलूँ होरी। (टेर)
तुम तो जाय विदेसाँ छाये, हम से रहे चित चोरी।
तन आभूषण छोड़े सबही, तज दिये पाटपटोरी[1]।
मिलन की लग रही डोरी[2]॥
आप मिल्यां बिन कल न पड़त है, त्यागे तलक[3] तमोरी[4]।
मीरां के प्रभु मिलज्यो माधो, सुणज्यो अरजी मोरी।
दरद बिन बिरहन दोरी[5]॥ 1॥

❖ ❖ ❖

थारा चरण कमल की दासी नजर भर न्हालो[6] लालजी।
चार मास ऊन्हालो[7] निकल्यो चार मास बरसालो[8]।
अठे[9] टालो[10] देगयाजी आयो रतन सिंयालो[11]॥
इत गोकुल उत मथुरा नगरी अध बिच जमुना रो नालो।
विण नाले राधाजी झूले नित आवै नखरालो॥
थे छो सबला म्हें छाँ निबला नहीं मिलन को सारो।
किरपा कर प्रभु मंदिर पधारो जब जाणूँ पतियारो॥
आप बिना म्हारे हिवड़े अँधारो आप करो उजियालो।
मीरां के प्रभु गिरधरनागर बिना अगन मति जालो॥ 2॥

❖ ❖ ❖

---

1. रेशमी वस्त्र 2. तीव्र आकांक्षा 3. तिलक 4. ताम्बूल, पान 5. दुःखी, कठिनाई में 6. देखो
7. ग्रीष्म ऋतु 8. बरसात 9. यहाँ 10. बहाना करने की क्रिया या भाव 11. शीत ऋतु

दीज्यो म्हानैं द्वारिका को बास, रूडा[1] रणछोड़जी हो ।(टेर)
सुथान बासो नाम हरि को, झालरिये झुणकार ।
सकल तीरथ गोमती रे बाला, साँवरियो सिरदार ॥
पपैया नैं मेघ प्यारो, मांछली[2] मध नीर ।
म्हानैं तो गिरधर हि प्यारो, छांड्यो जगत सूँ सीर[3] ॥
तजियो पीहर सासरो, तजियो सह उपहास ।
राणाजी रो बास तजियो, राखो रावल बास ॥
मथुरा में हरि जनमिया जी, किया द्वारिका बास ।
सहँस गोप्यांरो बालमो[4], गावै मीरां दास ॥ 3 ॥

❖ ❖ ❖

नहीं जाऊँ सासरै माई, म्हाँने मिलिया छै सिरजणहार । (टेर)
सासू हरी सुमरना रै सुसरो परम संतोष,
जेठ जुगांरो राजवी रै पीव रह्यौ निरदोष ॥
देवर कै दोइ डीकरी[5] रै दोन्यौं ही राजकुमारि,
एकै सब जग मोहियौ रै एक रही ब्रह्मचारि ॥
लख चौरासी चूड़लो रै बाला पहर्यौ पियाजीरै काज,
बाँह पकड़ि हरि लैचल्या मोहि दीनों छै अविचल राज ॥
साधाँ मैं म्हारो सासरो रै पीया को बैकुंठाँ मैं बास,
फेरि न कल[6] मैं आवस्याँजी यूँ गावैछै मीरां दास ॥ 4 ॥

❖ ❖ ❖

---

1. सुंदर, मनोहर 2. मछली 3. हिस्सेदारी, साझा 4. पति 5. लड़की 6. कलियुग

पिया मोही दरसण दीजै हो।

बेर बेर मैं टेरत हूँ, अहे कृपा (किरपा) कीजे हो । (टेर)

जेठ महीने जल बिना, पंछी दुख होई हो।

मोर असाढ़ा कुरलहे[1], घन चात्रक सोई हो॥

सावण में झड़ लागियौ, सखि तीजाँ खेलै हो।

भादरवै नदियाँ बहै, दूरी जिन मेलै हो॥

सीप स्वाति ही झेलती, आसोजां सोई हो।

देव कातीमें पूजहे, मेरे तुम होई हो॥

मंगसर ठंढ बहोत पड़ै, मोहि बेगि सम्हालो हो।

पोस महीं पाला घणां, अबही तुम न्हालो हो॥

माह महीं बसंत पंचमी, फागां सब गावै हो।

फागुन फागां खेल हैं, वणराइ[2] जरावै हो॥

चैत चित में ऊपजी, दरसण तुम दीजै हो।

वैसाख वणराइ फूलवै, कोइल कुरलीजै हो॥

काग उड़ावत दिन गया, बूझूँ पिंडत[3] जोसी हो।

मीरां बिरहणि ब्याकुली, दरसण कब होसी हो॥ 5 ॥

❖ ❖ ❖

---

1. चीखना, चिल्लाना 2. वन, जंगल 3. पंडित

फागुन के दिन चार रे, होरी खेल मना रे॥ (टेर)

बिन करताल[1] पखावज बाजै, अनहद की झनकार रे॥

बिन सुर राग छतीसूं गावे, रोम रोम रंग सार रे॥

शील सन्तोष की केसर घोली, प्रेम-प्रीत पिचकार रे॥

उड़त गुलाल लाल भये बादल, बरसत रंग अपार रे॥

घट[2] के सब पट[3] खोल दिये हैं, लोकलाज सब डार रे॥

होली खेल प्यारी पिय घर आये, सोइ प्यारी पिय प्यार रे॥

मीरां के प्रभु गिरधरनागर, चरण कमल बलिहार रे॥ 6॥

❖ ❖ ❖

बदला रे तू जल भरि ले आयो। (टेर)

छोटी छोटी बूँदन बरसन लागी, कोयल सबद सुनायो॥

गाजै बाजै पवन मधुरिया, अंबर[4] बदरा[5] छायो॥

सेज सँवारी पिय घर आये, हिल मिल मंगल गायो॥

मीरां के प्रभु हरि अबिनासी, भाग[6] भलो जिन पायो॥ 7॥

❖ ❖ ❖

---

1. हाथ से बजाया जाने वाला एक वाद्य 2. आत्मा 3. दरवाजे 4. आकाश 5. बादल 6. भाग्य

बरसे बदरिया सावन की, सावन की मन भावन की। (टेर)
सावन में उमग्यो[1] मेरो मनवा, भनक[2] सुनी हरि आवन की॥
उमड़ घुमड़ चहुँ दिश से आया, दामिन दम कै झर[3] लावन की।
नन्ही नन्ही बूँदन मेहा बरसे, शीतल पवन सोहावन की॥
मीरां के प्रभु गिरधरनागर, आनंद मंगल गावन की॥ 8॥

❖ ❖ ❖

बादला रे थें जल भर्‌यां[4] आज्यो।
झर झर बूंदाँ बरसै आली, कोयल सबद सुणाज्यो[5]।
गाज्याँ वाज्याँ[6] पवन मधुरियो, अंबर बदराँ छाज्यो।
सेज संवारी पिय घर आस्याँ, सखियाँ मंगल गास्यो।
मीरां रे प्रभु हरि अविनासी, भाग[7] भल्याँ जिण पास्यो॥ 9॥

❖ ❖ ❖

---

1. उमड़ा 2. आहट, संकेत 3. झड़ी 4. भरे हुए 5. सुनाना 6. बहना 7. भाग्य

बादलियां आई बरसे भींज्यो म्हारो चीर,

ओ बिजलियां आई चमक चमक झड़ लाई।

कोन दिसा होय आई रे बादलियां, कोन दिसा होय जाय।

उगण[1] दिसा होय आई रे बादलियां, धराऊ[2] दिसा होय जाय॥

उमड़ घुमड़ होय आई बादलियां चमके, बरसत है घण घोर।

काली सी घट में बिजलियां चमके, पवन चलत झकझोर॥

दादुर मोर पपैया बोले कोयल करे रे सोर।

बाई मीरां के प्रभु गिरधरनागर, चरण कमल चित चोर॥ 10॥

❖ ❖ ❖

भीजे म्हारो दाँवनचीर[3], सावणियो लूम[4] रह्यो रे। (टेर)

आप तो जाय विदेसां छाये, जिवड़ो धरत न धीर॥

लिख लिख पतियाँ सँदेसा भेजूँ, कब घर आवे म्हारो पीव॥

मीरां के प्रभु गिरधरनागर, दरसन दो ने बलबीर॥ 11॥

❖ ❖ ❖

---

1. उगने की, पूर्व दिशा 2. ध्रुव तारे की दिशा, उत्तर 3. वस्त्र का छोर 4. लटकना

मत डारो पिचकारी मैं सगरी[1] भीज गई सारी। (टेर)

जिन डारो सो सनमुख रहियो नहिं तो मैं देऊँगी गारी[2] ॥

भर पिचकारी मोरे मुख पर मारी, भीज गई तन सारी ॥

लाल गुलाल उडावन लागे, मैं तो मन में विचारी ॥

मीरां के प्रभु गिरधरनागर, चरनकमल बलिहारी ॥ 12 ॥

❖ ❖ ❖

मेहा ! वरसबो कर[3] रे।

आज तो रमइयो म्हारै घर रे।

नान्हीं[4] नान्हीं बूँदन मेहा बरसै, सूखे सरवर भर रे।

बहुत दिनन पै प्रीतम पायो, बिछुड़न को मोहि डर रे।

मीरां कह अति नेह जुड़ायो[5], मैं लियो पुरवलो[6] वर रे ॥ 13 ॥

❖ ❖ ❖

---

1. सम्पूर्ण 2. गाली 3. बरसता रह 4. छोटी 5. जोड़ा, किया 6. पूर्व जन्मों का

या ब्रज में कुछ देख्यो री टोना[1]। (टेक)
ले मटुकी[2] शिर चली गुजरिया, आगे मिले बाबा नन्द के छौना।
दधि[3] को नाम बिसर गई ग्वालिन, ले लेहु री कोउ श्याम सलौना॥
वृन्दाबन की कुंज गलिन में, आँख लगाय किया कित गौना[4]॥
मीरां के प्रभु गिरधरनागर, सुन्दर श्याम सुघर रस लौना[5]॥ 14॥

❖ ❖ ❖

रे साँवलिया म्हारे आज रँगीली गणगोर छे जी। (टेक)
काली पीली बादली में बिजली चमके, मेघ घटा घनघोर छे जी॥
दादुर[6] मोर पपीहा बोले, कोयल कर रही सोर छे जी॥
आप रँगीला, सेज रँगीली और रँगीलो साथ सोर छे जी॥
मीरां के प्रभु गिरधरनागर, चरनाँ में म्हारो जोर[7] छे जी॥ 15॥

❖ ❖ ❖

---

1. जादू 2. मटकी 3. दही 4. गमन 5. लावण्य 6. मेंढक 7. ताकत

लागी मोहि राम-खुमारी हो। (टेक)

रिमझिम बरसै मेहड़ा[1], भीजै तन सारी हो।

चहुँ दिस चमकै दामणी, गरजै घन भारी हो।

सतगुर भेद बताइया, खोली भरम-किवारी[2] हो॥

सब घट दीसै[3] आतमा, सबही सूँ न्यारी हो॥

दीपक जोऊँ ग्यान का, चढ़ूँ ज्ञान अटारी हो।

मीरां दासी राम की, इमरत बलिहारी हो॥ 16॥

❖ ❖ ❖

साँवरा बिन नींद न आवे, न आवे री,

मेरो जीवड़ो अति अकुलाव॥ (टेक)

स्याम बिना मेरा जग में अँधेरो, दीपक दाय न आवे।

स्याम बिन मेरी सेज अलूंणी[4], जागत रैंन डरावे॥

दृगन झर ल्यावे री, ल्यावे॥

बिरह की मारी सब जग हेरूँ, जे कोई स्याम मिलावे।

बिरह नाग मेरी काया डसत है, लहर लहर जिया जावे॥

जड़ी घस ल्यावे री, ल्यावे॥

सुंण सुंण री मेरी बगड़[5] पडोसँण, जे कोई स्याम मिलावे।

मीरां के प्रभु गिरधरनागर, मोहन मोहन आवे॥

कदे[6] घर आवे री, आवे॥ 17॥

❖ ❖ ❖

साजन घर आओ नी मीठां बोलां।

कदकी[1] ऊभी मैं पंथ निहारूँ, थाँरै आयाँ होसी भला॥

आओ निसंक, संक मत मानो, आयाँ ही सुख रहेला।

तन मन वार करूँ न्यौछावर, दीज्यो स्याम मोय हेला[2]॥

आतुर बहुत विलम[3] मत कीज्यो, आयाँ ही रंग रहेला।

तुमरे कारण सब रंग त्याग्या, काजल तिलक तमोला॥

तुम देख्याँ बिन कल न पड़त है, कर धर रही कपोला।

मीरां दासी जनम जनम की, दिल की घुंडी[4] खोला॥ 18॥

❖ ❖ ❖

सावण दे रह्यो जोरा[5] रे, घर आवोजी स्याम मोरा रे। (टेक)

उमड़-घुमड़ चहुँ दिस से आया, गरजत है घनघोरा रे॥

दादुर मोर पपीहा बोले, कोयल कर रही सोरा रे॥

मीरां के प्रभु गिरधरनागर, ज्यो वारूँ[6] सो ही थोरा[7] रे॥ 19॥

❖ ❖ ❖

---

1. कभी की 2. पुकारो, आवाज़ दो 3. विलंब 4. गाँठ 5. आवेश, वेग 6. न्यौछावर 7. थोड़ा, कम

सुनी मैं हरि आवन की आवाज। (टेक)
महल चढ़ी जोउं मोरी सजनी, कब आवै महाराज॥
दादुर मोर पपीहा बोलै, कोइल[1] मधुरै साज॥
उमग्यो[2] इन्द्र चहुँ दिश बरसै, दामिन छोड़ी लाज॥
धरती रूप नवा नवा धरिया, इन्द्र मिलन के काज॥
मीरां के प्रभु गिरधरनागर, बेग[3] मिलो महाराज॥ 20॥

❖ ❖ ❖

होरी फागण का दिन में प्रीतम तज गए देस। (टेर)
कहा करूं कित जाउ (ऊं) मौरि सजनी मो मन बड़ो रे अंदेस[4]॥
दिन नहि भूख रैण नहि निद्रा सिर पर छूटे केस॥
तोरै तौ कारण बन-बन ढुंढ्यौ कर जौगण को भेस॥
मीरां कहै प्रभु गिरधर (नागर) तन-मन छूटे केस॥ 21॥

❖ ❖ ❖

---

1. कोयल 2. उमड़ा 3. शीघ्र 4. अंदेशा

होली पिया बिन मोहि न भावै, घर आँगन न सुहावै। (टेक)
दीपक जोय कहा करूँ हेली, पिय परदेश रहावै।
सूनी सेज ज़हर जूँ लागै, सुसक-सुसक[1] जिया जावै।
नींद नैन नहीं आवै॥

कब की ठाड़ी[2] मैं मग जोऊँ, निसदिन विरह सतावै।
कहा करूं कुछ कहत न आवै, हिवड़ो अति अकुलावै।
पिय कब दरस दिखावै॥

ऐसा है कोई परम सनेही, तुरत सनेसा[3] लावै।
वा बिरियाँ कब होसी मोकूँ, हँस कर निकट बुलावै,
मीरां मिल होली गावै॥ 22 ॥

❖ ❖ ❖

होली पिया बिन लागै री खारी।
सूनो गाँव देस सब सूनो, सूनी सेज अटारी।
सूनी विरहण पिव बिन डोलै, तज गया पीव पियारी।
विरहा दुख भारी।

देस विदेसाँ ना जावाँ री, म्हरि अणेसो[4] भारी।
गणताँ गणताँ घिस गयी रेखाँ, आंगलियाँ री सारी।
आया ना री मुरारी।

बाजै झाँझ मिरदंग मुरलियाँ, बाजै कर इकतारी।
आयो बसन्त पिया घर नारी, म्हारी पीड़ा भारी।
स्याम म्हाने क्यों री बिसारी।

ठाढ़ी अरज कराँ गिरधारी, राखो लाज हमारी।
मीरां रे प्रभु मिलस्यो माधो, जनम जनम री क्वाँरी।
म्हाँने लागी दरसण तारी[5] ॥ 23 ॥

www.ingramcontent.com/pod-product-compliance
Lightning Source LLC
LaVergne TN
LVHW091549170726
843492LV00007B/2116